단 하루의 부활

김서하

2022년 제53회 충북작가 신인상 단편소설 부문에 당선되면서 작품 활동을 시작했다. 현재 충북작가회의 회원으로 있으며, 충북문화재단 청년예술가 창작활동 지원사업 지원금을 수혜받았다.

E-mail: aileensh85@gmail.com
인스타그램: seo85ha

단 하루의 부활

초판 1쇄 발행 2023년 6월 4일
2쇄 발행 2023년 6월 9일

지은이 김서하
펴낸이 장현수
펴낸곳 메이킹북스
출판등록 제 2019-000010호

디자인 최미영·박단비
편집 최미영·박단비
교정 안지은
마케팅 장윤정

주소 서울특별시 구로구 경인로 661, 핀포인트타워 912-914호
전화 02-2135-5086
팩스 02-2135-5087
이메일 making_books@naver.com
홈페이지 www.makingbooks.co.kr

ISBN 979-11-6791-367-8(03810)
값 16,800원

ⓒ 김서하 2023 Printed in Korea

잘못된 책은 구입하신 곳에서 바꾸어 드립니다.
이 책의 전부 또는 일부 내용을 재사용하려면 사전에 저작권자와 펴낸곳의 동의를 받아야 합니다.

* 이 책은 충청북도, 충북문화재단의 후원을 받아 2023 청년예술가창작활동지원 사업의 일환으로 발간되었습니다.

홈페이지 바로가기

메이킹북스는 저자님의 소중한 투고 원고를 기다립니다.
출간에 대한 관심이 있으신 분은 making_books@naver.com로 보내 주세요.

단 하루의 부활

김서하 소설

메이킹북스

목차

추천사   8

작가의 말   10

단 하루의 부활   15

백봉이   57

할머니의 방황   99

흔적   135

〈작품 해설〉   170
작가만의 언술적 특색이 드러난 소설 – 노은희

추천사

　소설 속 인물들은 끝없이 만나고 헤어진다. 시간의 순리 따라 우리는 울고 웃는다. 꽃은 시들기 때문에 아름다울 수 있고, 인간 또한 죽음의 너머 세계를 알지 못하기에 아름다울 수 있다. 김서하가 말하는 사랑과 슬픔은 나의 시야 밖으로 사라진 한 사람을 떠올리면 가닿지 못하는 눈보라가 쌓이지 않는 겨울이고 태양 빛을 피해 옆으로 피는 해바라기이고 어둑해진 거리에 당신이 올 때까지 맨발로 서성이는 사람이다. 우리에게 유일하게 머물다 간 장면들이 때론 사소하게, 때론 전부인 듯, 당신의 주검 위에 금방 시들어버릴 생화를 올려두는 마음, 내가 사랑했던 그 한 사람의 세계에서는 여전히 꽃들이 살아 있기를 바라는, 햇살 없이 반짝거리는 투명한 애도다.

음유시인 정현우

작가의 말 ───────

 밤새 내린 폭우가 꿈처럼 물러나고, 말간 햇살이 거짓말처럼 창문을 뚫고 들어온 아침이었습니다. 망설이다 받은 모르는 전화는, 응모한 소설이 신인상에 당선됐다는 소식을 전해주었습니다. 벌써 작년 여름의 일이 되었습니다.

 마치 부활한 아빠의 문자를 처음 받던 그날처럼, 제가 쓴 소설의 덫에 스스로 걸린 기분이었습니다. 가슴 벅차게 묘한 감정의 알갱이들이 컵에 쏟아부은 탄산처럼 사방으로 튀었습니다. 의식적으로 호흡을 조절해야 할 만큼 가슴이 벅찼습니다.

 밥상 위에 원고지를 놓고 글을 쓰던 아빠의 뒷모습이 가장 먼저 떠올랐습니다. 아빠의 고향으로 내려간 일곱 살 되던 해, 유치원 대신 이해되지 않는 소설책으로 아빠와 글자 공부했던 날들. 산과 들과 강을 누비며 숱하게 뛰놀던 유년이 떠올랐습니다. 어쩌면 그때부터 글을 쓰고 싶었는지 모르겠습니다.

글을 쓰고 싶다는 마음에는 소설 속의 가공인물들을 통해 나의 삶을 이야기하고, 우리의 연대를 이야기하고픈 바람도 있습니다. 다양한 관계의 사슬 속에서 타인이 내가 되고, 내가 타인이 되며 진심으로 삶과 사람을 사랑할 수 있는 작가가 되고 싶습니다. 누구나 읽을 수 있는 가장 쉬운 글, 누구나 제 글을 읽은 후에는 그럴 수도 있지, 그런 일도 있지, 그럴 때도 있지, 그런 사람도 있지, 고개를 끄덕일 수 있는 작품을 쓰겠습니다. 그러기 위해서는 진실한 문장들로 촘촘히 독자들이 걸려들 수 있는 덫을 잘 놓아야 할 것입니다. 뒤늦게 대학원 문예창작학과에 진학하고도 하고 싶은 것과 잘하는 것 사이에서 고민과 불안으로 뒤엉켜 있던 날이 더 많았지만, 이제는 조심스레 용기를 내어봅니다.

책을 사 모으며 언젠가 나의 책도 누군가의

작가의 말

책장에 꽂혀 있을 그날을 꿈꿨는데, 이제야 그 꾸던 꿈에서 깨어나 살며시 날개를 파닥여봅니다. 글을 쓰는 동안 시간을 내어 걷고 또 걸으며 머릿속으로 쓰고 싶은 이야기들의 조각을 모으고, 장면을 그리고, 문장이 될 언어의 퍼즐들을 상상하며 지냈습니다. 밤새 내린 폭우가 물러가고 청명해진 하늘처럼 그간의 불안 속에서 즐거운 마음으로 글을 썼고, 쓰는 동안 내내 행복했습니다.

묵묵히 옆에서 지켜봐 준 단 하나뿐인 가족들, 나의 꿈을 사랑해준 소울메이트, 어떤 모습도 믿고 응원해준 사랑하는 친구들, 언제나 내 편에 서서 함께해준 나의 소중한 사람들, 아마추어가 아닌 프로가 되라며 이끌어주신 추계예술대학원 교수님들과 문우님들 감사합니다. 계속 글을 써도 된다는 확신과 기회를 주신 충북작가 선생님들 감사합니다. 장도의 시작이라며 열역학 제1법칙을 계속 깨뜨리자고 응원해주신 박찬일 교수님, 앞으로 나아갈 수 있도록 스승이 되어 손

붙잡아 주신 노은희 선생님, 진취적으로 나아갈 수 있는 용기과 유연한 마음을 꺼닫게 해준 고명주 작가님 너무나 감사합니다. 깜깜한 밤, 폭우가 쏟아져도 자신 있게 걸으며 마음을 밝히는 환한 문장으로 커 나아가겠습니다.

PS 무더웠던 지난여름, 강원도 횡성 주천강물이 휘감고 흐르던 예버덩에서의 시간이 그립습니다. 삶의 전쟁터를 잊고 힐링과 위로를 얻을 수 있었던 예버덩 문학의 집과 선생님들께 감사합니다. 아침이면 청설모가 찾아와 게으른 시간을 깨우고, 밤에는 날벌레와 매미들과 함께 잠들던, 짐짓 느슨했던 방갈로에서의 시간, 이슬 맺힌 나리꽃과 이름 모를 풀들이 어우러져 아름다웠던 하늘, 바람, 냄새 잊지 않겠습니다. 그곳에서 마음에 품은 글을 책에 담을 수 있어 더없이 기쁩니다.

단 하루의 부활

단 하루의 부활

엄마는 식탁 위에 놓인 핸드폰을 집어 들었다. 엄마의 호흡이 가빠지기 시작했다.

"왜? 뭔 일 있어?"

뭔가에 놀란 건지, 홀린 건지 알 수 없는 엄마의 두 눈이 핸드폰 화면에서 시선을 떼지 못했다. 양손을 덜덜 떨면서도 핸드폰을 꽉 쥐고 떨어트리지 않으려 애썼다.

"무슨 일이야, 도대체?"

엄마의 두 무릎이 꺾이듯 휘청였다. 나는 의자에 엄마를 앉히고 핸드폰을 가로챘다. 순간, 얼음물에 처박힌 것처럼 머리통이 부서지는 줄 알았다. 너무나 익숙한 이름, 이제는 낯선 이름이기도 했다. 김성찬!

[web 발신] 010-****-1853
김성찬 님이 주문하신
세라젬 건강 치료기
강정임 님에게 발송 예정
899,000원
문의 : 032-633-****

아무런 말도 꺼내지 못할 만큼의 무거운 공기가 엄마와 나 사이를 짓눌렀다. 벽시계의 초침만이 고요함 속에서 제 몫을 해냈다. 나는 엄마에게 수신된 짧은 문자를 전국 청소년 백일장에 응모하려고 쓰고 있는 소설의 첫 문장처럼 공들여 읽고 또 읽었다.

"그때 아빠 핸드폰 분명 해지했는데, 대체 이게 무슨 일이래?"

먼저 정적을 깬 건 엄마였다.

"응, 그때 오빠랑 가서 번호도 해지하고 핸드폰도 반납했잖아."

엄마는 무겁게 몸을 일으켜 실내화를 질질 끌고 소파로 걸어가 앉았다. 머리가 지끈거릴 때처럼 소파 팔걸이에 팔꿈치를 얹고 한쪽 손바닥으로 머리를 받쳤다.

"네 아빠가 죽기 전에 애들 다 키우면 호강시켜준댔는데, 혹시 그때 미리 준비한 건가? 예약 선물 그런 거 있잖아."

엄마의 표정처럼 거실 창밖이 퍼렇게 멍들더니, 그새 어둠을 몰고 왔다. 나는 창 쪽으로 다가가 블라인드 줄을 잡아당겼다. 창밖 건너편 왕복 4차선 도로에는 전조등을 켠 자동차들이 거북이처럼 느리게 움직였다. 항상 이 시간을 기다렸던 엄마는 좋아하는 일일 연속극이 시작했는데도 전혀 집중하지 못했다. 연속극은 길거리의 전광판처럼 관심받지 못한 채 장면이 계속 바뀌었다.

"그 뭐야, 울산 갔을 때 그 커다란 거, 느린 우체통이랬나? 그것도 편지 넣으면 일 년 뒤에 보내준다면서. 십 년 전에 예약해둔 뭐 그런 거 아닐까. 안 그래도 지난번에 너희 큰고모가 전화해서 이제는 남자친구 좀 만들라고 쓸데없는 소리 하더라. 혹시 그 말에 아빠가 서운했나? 정말 별일이네, 별일."

엄마는 혼잣말 같은 횡설수설한 말들을 마치 나와 대화하듯 크게 말했다.

아빠는 같은 번호를 십 년 넘게 사용했다. 뒷번호가 집 전화번호와 같아서 나는 아직도 아빠 번호를 기억한다. 아직 기억 속에 남아 있는, 칠 년 전 핸드폰 대리점에서 없애버린, 그 번호를 나는 다시 핸드폰에 저장했다. 번호를 저장하고 메신저 앱에 들어가면 보통 상대방의 사진이나 상태 메시지 들이 보이는데, 웬일인지 아무것도 보이지 않았다. 하기야 아빠가 이 번호를 쓸 때만 해도 이런 메신저 기능이 없었으니까 가입하지 않았겠지. 나는 혹시나 하는 마음에 인터넷 창을 열어 번호를 검색했다. 엄마! 지난번 바퀴벌레와 눈이 마주쳤을 때처럼 비명에 가까운 소리가 튀어나왔다.

'검색한 번호는 경찰청 사이버 수사대에 17번 신고

접수된 번호로 확인됩니다.'

 엄마가 달려올까 봐 나는 재빨리 두 손으로 입을 틀어막았다.
 야근을 마치고 늦게 도착한 오빠를 따라 방으로 들어갔다. 나는 몰래 비밀 작전이라도 말하듯 최대한 목소리를 낮추고 엄마 핸드폰을 내밀었다. 오빠는 힐끗 보는 척하더니, 일이 많아서 피곤하다며 무슨 스팸 문자를 보여주냐고 귀찮아했다. 나는 오빠의 소매 끝을 잡아당기며 얼굴 근육을 잔뜩 찡그렸다.
 "아니 자세히 좀 보라고! 아빠라고! 아빠 이름하고 번호로 엄마에게 문자가 왔다고."
 그제야 턱을 쭉 빼 내밀며 관심을 보였다. 나는 다시 엄마의 핸드폰을 얼굴 앞에 대고 흔들었다.
 "말이 돼? 아빠가 이런 문자를 보낼 리 없잖아."
 오빠는 좀 전과 달리 잠깐 진지해지더니 이내 한숨을 내뱉었다.

"이거 그냥 스미싱이야. 넌 이제 고등학생 되는 애가 요즘 뉴스도 안 보냐?"

오빠가 답답하다는 말투로 나를 한심하게 내려보며 부엌으로 향했다.

"엄마 혹시 문자 온 번호로 전화 걸거나 링크 클릭했어?"

국을 뜨던 엄마가 고개를 돌렸다.

"아니, 뭘? 뭐 문자? 그거 당연히 안 했지."

다 알고 있으면서도 모르는 사람처럼 엄마가 시치미 떼며 말했다.

"그럼 됐어. 이거 아빠 아니고 그냥 스미싱이야. 보이스피싱 같은 거. 잘못했다가 악성 앱이 깔리거나 개인정보 유출돼. 신종 사기 수법이라고."

오빠는 아빠에게 문자가 온 사실보다 엄마가 피해당하지 않았다는 사실에 더 안심했다. 엄마의 눈빛에 서운함이 그득했다.

"나도 알아, 배고프다며. 신경 쓰지 말고 와서 밥이나 먹어."

억지로 울음을 참는 엄마의 목소리가 떨렸다.

사실이 아니래도 끝까지 아빠가 보낸 문자라고 믿고 싶었던 엄마는 거실에 앉아 빨래를 개키다 끝내 눈물을 떨구었다.

일 년 전의 문자가 오늘 또 아빠 기일 전날에 도착했다.

"네 아빠가 정말 귀신은 귀신인가 보다."
아빠가 좋아했던 잡채를 무치며 엄마가 말했다. 이번에도 같은 번호로 문자가 왔지만, 너무 놀라 양손을 덜덜 떨면서도 핸드폰을 꽉 쥐고 떨어트리지 않으려 애쓰던 엄마의 모습은 온데간데없었다. 엄마는 이제 멀리 있는 아빠에게 안부 문자라도 받은 듯 기뻐했다. 마치 아빠의 기일을 기다린 사람처럼, 음력이라 매년 날짜가 바뀌는데도 귀신같이 맞춰 보낸다며 입술을 실룩였다. 작년처럼 울지 않고 기뻐하는 엄마를 보니, 올해도 잊지 않고 아빠의 이름을 도용해 문자를 보내준 사기꾼들이 고마웠다. 나도 일 년 만에 다시 온 문자 때문인지, 내일이 아빠의 기일이란 게 믿기지 않았다. 그냥 멀리 출장 간 아빠가 일 년에 한 번씩 집으로 찾아오는 날 같았다.

'진짜 아빠가 보낸 게 아닌데도 엄마는 그 문자가 그렇게 반가워?'

엄마는 아끼던 접시를 꺼내 아빠가 좋아했던 음식들을 담으며 콧노래를 불렀다. 어처구니없게도 나는 아빠가 진짜 어딘가에서 보내온 문자였으면 좋겠다고 생각했다. 방 안에 들어와 인터넷 검색창에 '죽은 사람이 보내온 문자 … 죽은 사람이 문자를 보내올 수 있나요?' 몇 번을 쓰다 지웠다.

할머니가 돌아가시면서 집안 제사를 다 없애는 바람에 아빠의 기일에도 제사를 지내지 않았다. 엄마는 오늘처럼 아빠가 좋아했던 음식을 만들고, 나와 오빠는 저녁 일찍 들어와 아빠가 좋아했던 음식들을 먹으며, 함께 시간을 보낸다. 그건 지난 칠 년 동안 지켜 온 무언의 약속이다.

처음에는 죽은 사람이 좋아했던 음식을 살아 있는 사람들이 매년 챙겨 먹는 게 이상했다. 하지만 이제는 제사를 지내지 않아도 아빠가 좋아했던 음식만으로 함께 저녁을 먹는 기분이다. 음식으로 아빠와 함께할 수 있는 유일한 날이니까.

"내일 주말인데 아빠한테 다녀올까? 다 같이 다녀온 건 좀 됐잖아."

저녁을 먹으며 엄마가 물었다. 아빠의 기일이 매년 바뀌는 바람에 오빠의 휴가를 맞추기 어려웠다. 엄마의 말처럼 나도 다 같이 다녀온 기억이 바로 떠오르지 않았다.

"그럼 내일 일찍 다녀오자. 어차피 토요일이라 오빠 회사도 상관없잖아."

젓가락질하며 오빠가 무심하게 고개를 끄덕였다.

고속도로가 새로 깔렸어도 주말에 문경을 다녀오는 일은 꽤 빠듯하다. 새벽부터 일어나 말끔하게 차려입고 엄마가 바리바리 싼 음식과 술을 챙겨 아파트 단지를 빠져나왔다. 앙상한 나뭇가지에는 누가 아이스크림을 쓱 문지르고 간 것처럼 엊그제 내린 눈의 흔적들이 아직 남아 있다. 올해는 유독 간헐적으로 눈이 자주 내리는 이상한 겨울이다. 출발하면서 최대한으로 켠 히터는 소리만 요란하고 금방 따뜻해지지 않았다. 바깥 공기와 다를 바 없는 차 안의 온도 때문에 절로 몸이 움츠러든다. 교통방송에 주파수가 맞춰진 라디오에서는 경쾌한 목소리가 흘러나왔다. 경쾌한 목소리가 교통 상황과 오늘 날씨와 밤사이 일어났던 사고들까지 쉬지 않고 말하는 바람에 듣는 내가 더 숨이 가빴다. 가죽 시트의 열선이 점점 달아올라 엉덩이가 뜨끈해진 후에야 움츠렸던 몸을 펴고 등받이에 편히 기댔다. 날씨 때문에 세차를 미뤘는지 지나가는 차들 대부분이 녹아내린 눈과 먼지로 뒤엉켜 더러웠다. 하얀 눈이 내린 보람도 없이 거리도 차도 온통 구정물투성이다. 만남의 광장까지 서울을 빠져나가느라 밀렸던 차들은 어느새 뿔뿔이 흩어졌다.

"귤 줄까?"

엄마가 뒷자리에서 꽃잎처럼 예쁘게 껍질을 깐 귤 두 개를 어깨 앞으로 넘겨줬다.

"그래도 오늘은 날씨가 좋은 편이야. 그렇지?"

엄마의 들뜬 음성이 귤 알갱이처럼 톡톡 터졌다. 오빠는 운전하면서 내 손바닥에 올려놓은 귤 조각을 한 개씩 입에 넣고 오물거렸다. '아름다운 이 아침 김창완입니다.'를 들으며 우리는 쉬지 않고 계속 달렸다.

하늘은 가을처럼 구름 한 점 없이 파랗다. 멀리 보이는 눈 쌓인 산봉우리만이 겨울옷을 입고 있다. 추모원 표지판이 보이고 돌다리를 건너자마자, 길 양쪽에서 꽃을 흔들며 호객행위를 하는 어른들의 모습이 보였다. 오늘따라 흔들리는 꽃송이가 유난히 더 아름답게 빛이 났다.

"저것들도 다 조화겠지?"

나는 왜 죽은 사람에게 죽은 꽃을 선물해야 하는지 모르겠다.

"바보야, 원래 납골당은 생화 반입 금지야. 습기나 벌레 생기면 위생적으로 좋겠냐?"

"그럼 할아버지가 계신 현충원은? 외할머니가 계신 공동묘지는? 거긴 왜 밖인데도 매번 조화만 파는데?"

나는 오빠에게 눈을 흘겼다.

"생화는 금방 시드니까 오랫동안 시들지 않는 조화를 두고 오는 거지."

엄마가 그만 좀 하라는 말투로 끼어들었다. 나는 입을 삐쭉이며 엄마를 따라 차에서 내렸다.

"할머니 오늘은 안 나오셨나 봐, 이쯤이었던 것 같은데?"

아빠에게 올 때마다 꽃을 팔던 할머니가 오늘따라 보이지 않았다. 할머니 자리에서 아들뻘 되는 아저씨가 먼저 온 손님과 꽃값을 흥정하고 있었다.

"여기 계시던 할머니 다른 자리로 옮기셨나요? 아니면 아드님 되시나?"

엄마가 조심스레 물었다.

"아, 임 씨 할머니요? 그 어르신, 전 전달인가 돌아가셨어요. 이제 못 나와요."

눈이 마주친 엄마와 나는 다음 말을 잇지 못했다.

"꽃 사시게요? 요즘 새로 나온 꽃인데 화사하니 예쁘죠? 이게 프… 그 머시냐 프리저브드 플라워? 새로 나온 꽃인데 이거 생화예요, 생화. 3년 이상 시들지 않는 꽃이래요. 특수 처리해서 저 짝에서도 허락한 꽃이에요. 가격은 좀 나가는데 그래도 꽤 예쁘죠?"

바람에 꽃잎이 나비의 날개처럼 흔들렸다.

"엄마, 우리 이거 사자."

아저씨는 고맙다고 거스름돈을 건네면서 바로 다음 손님에게 휙, 몸을 돌렸다.

오빠가 비상깜빡이를 켠 차 안에서 창문을 내리고 빨리 타라는 신호를 보냈다.

"연말이라 그런지 뒤에 차가 꽤 들어오네. 전에 꽃 팔던 할머니 아들이야? 왜 다른 사람한테 샀어?"

차에 올라타 문을 닫기도 전에 정신없이 오빠의 질문 세례가 이어졌다.

"아니, 원래 여기에서 꽃 팔던 아저씬데 이쪽으로 자리를 옮기셨나 봐. 그 할머니 두 달 전쯤 돌아가셨대."

기껏해야 일 년에 몇 번 꽃을 사며 말을 걸었던 할머니지만 마음이 좋지 않았다.

"지병이 있으셨나? 지난번만 해도 건강해 보이셨는데."

오빠도 안타까운 눈치였다.

"왜 돌아가셨냐고, 어쩌다 돌아가셨냐고 한번 물어볼걸."

뒷자리에서 엄마가 내 어깨를 툭 쳤다.

"굳이 뭘 물어? 연세가 있으셨잖아. 좋은 곳 편히 가셨을 거야."

손에 든 꽃을 보면서 한평생 거리에 나와 죽은 사람에게 선물할 꽃을 팔던 할머니의 얼굴을 떠올렸다. 항상 꽃처럼 화사하게 웃어주던 할머니의 얼굴이 선명해질수록 괜히 감정이 북받쳐

가슴이 꽉 막혔다. 할머니는 이 꽃을 알고 있을까? 생화도 조화도 아니면서 시들지도 않는 이 꽃을. 나는 할머니가 아빠처럼 납골당이 아닌 양지바른 곳 둥근 무덤으로 계셨으면 좋겠다. 갈 수만 있다면 평생 죽은 이를 위해 바쳐지는 꽃을 팔던 할머니의 무덤 앞에, 비록 시들더라도 아주 싱싱한 생화를 선물로 놓고 오고 싶다. 이곳에서 죽은 사람과 산 사람을 연결해주는 건 오로지 꽃뿐이니까.

아빠는 추모원 삼 층 세 번째 실, 우측 벽면 가장 왼쪽에서 두 번째 줄, 밑에서 다섯 번째 칸 안에서 우리를 기다렸다. 처음 이곳에 왔을 때만 해도 텅 빈 붙박이 유리 장식장처럼 빈칸이 많았다. 칠 년 동안 하늘나라로 간 많은 사람 때문에 이제 빈자리라곤 찾아볼 수 없다. 유리 장식장 칸마다 안에 들어 있는 납골함의 모양도, 붙어 있는 꽃장식도, 가족들이 꾸며둔 사진과 편지도, 성별과 나이와 이름도, 각각 다른 죽음의 이야기들이 빼곡하게 채워져 있다.

"오빠, 여기 꼭 아파트 같지? 죽은 사람들이 모여 사는 아파트. 여기 올 때마다 세상에는 살아 있는 사람보다 죽은 사람이 더 많은 것 같아."

오빠가 손아귀에 힘을 잔뜩 주고 내 오른쪽 어깨를 꾹 주물렀다.

"아파트가 뭐냐? 쓸데없는 소리 좀 그만해."

엄마는 유리 너머로 아빠가 갇혀 있는 하얀 유골함을 물끄러미 바라봤다. 유골함 앞에 세워 둔 액자 속 아빠가 활짝 웃으며 엄마를 바라보고 있었다. 둘은 그렇게 마주 보았다. 이제 사진 속 아빠는 엄마의 나이보다 더 어리다. 아빠보다 두 살 어린 엄마는 이제 사진 속 아빠보다 누나가 된 셈이다. 고추냉이를 삼킨 것처럼 코끝이 맵다.

"오빠, 사람이 죽은 다음에도 나이를 먹어?"

오빠가 커다란 손으로 내 입을 틀어막았다. 아빠가 살아 있었다면 어떤 모습일까? 아빠도 나에게 새치염색을 도와달라 하고, 엄마처럼 핸드폰을 손에 쥐고도 핸드폰을 찾아 거실을 돌아다닐까? 갑자기 피식 웃음이 삐져나왔다. 저 하얀 도자기 안에 있는 게 정말 아빠일까? 혹시 모른다. 처음부터 저 도자기 안은 텅 비어 있고, 어딘가에 진짜 아빠가 살아 있을지도. 어쩌면 우리 가족 모두가 지금 속고 있을지도 모른다. 나는 또다시 웃음이 삐져나올까 재빨리 입술을 꾹 다물었다. 아빠, 진짜 엄마한테 문자 보낸 거면 내년에는 이왕 연락하는 거 문자 말고 전화해. 오빠의 눈치를 살피느라 나는 아빠에게 속으로 이야기했다. 우리는 꽃과 함께 지난 여름 방학 때 찍은 가족사진을 남겨두고 건물을 빠져나왔다. 주차장은 그새 만차였다.

밖이 어둑해지고 나서야 서울 게이트 안으로 들어왔다. 오빠는 피곤한지 연거푸 하품하며 눈을 비벼댔다. 엄마도 왼쪽 어깨 위로 고개가 꺾여 졸고 있었다. 나는 보조석에 앉아 무거워진 눈꺼풀을 겨우겨우 치켜뜨며 버텼다.

"오늘 아빠 만나고 오느라 고생들 했어. 거실 불 끄고 일찍들 들어가 쉬어."

집에 도착하자마자 엄마도 오빠도 재빨리 각자의 방으로 들어갔다. 나는 불 꺼진 방 안에서 책상 위 스탠드만 켜고 침대 위에 누웠다. 나와 침대와 책상과 의자가 거인처럼 커다란 그림자가 되어 한쪽 벽을 덮었다. 영혼에도 그림자가 있을까? 일 년에 단 하루, 아빠가 문자가 아닌 그림자로라도 찾아올 수만 있다면 얼마나 좋을까.

그림자가 되어 잠들었던 나는 벌어진 커튼 사이로 뚫고 들어오는 햇볕에 눈이 따가웠다. 몸을 뒤집어 베개에 머리를 처박고 햇볕을 피하려는데, 엄마가 방에 들어와 벌어진 커튼을 열어젖혔다.

"나 더 잘래, 오늘 일요일이잖아."

엄마가 덮고 있는 이불을 종아리까지 끌어 내리며 잠을 깨웠다.

"어제 아빠한테 주고 온 꽃이 뭐랬지? 엄마랑 꽃집 좀 같이 다녀오자."

나는 짜증을 내며 침대 위에 던져진 물고기처

럼 파닥거렸다.

"프리저브드 플라워! 나 아직 졸려, 엄마 혼자 가."

아파트 단지 안 꽃집은 명절 당일 빼고는 단 하루도 쉬지 않고 문을 열었다. 문을 열자 문에 매달려 있던 종소리가 울려 퍼지면서 꽃향기가 날아왔다. 꽃바구니를 만들고 있는 아줌마 뒤로 커다란 유리문이 보였다. 그 안에서 종류별로, 색깔별로 잘 정리된 꽃들이 나를 바라보았다.

"이 시간에 어쩐 일이래?"

엄마는 아줌마와 인사를 나누며 한참 수다 떨었다. 나는 창가에서 햇볕이 내리쬐는 곳에 놓인 화분들을 구경했다. 추운 겨울인데도 작은 화분에서 죽지 않고 살아 있는 게 대견했다.

"이게 요즘 유행이긴 하지, 색깔도 이쁘고 시들지도 않고. 집에 가서 이대로 벽에 걸어도 되고, 꽃만 화병에 꽂아도 예뻐."

빨간색 장미와 시네신스, 라그라스, 그리고 하얀 목화가 어우러진 시들지 않는 꽃다발과 빨간색과 주황색, 노란색의 거베라 생화 한 송이씩을 계산한 뒤에 엄마는 아줌마와 헤어질 인사를 나눴다.

집에 돌아온 엄마는 가족들 사진이 진열된 거실 장식장 위에 꽃다발을 예쁘게 눕혀놓고, 거베라 세 송이는 예쁜 화병에 꽂아 식탁 위에 올려놨다.

"그런데 엄마, 저 꽃은 죽은 걸까? 살아 있는 걸까? 3년 동안 시들지 않을 뿐 생화라고 할 수는 없잖아. 죽음과 생의 중간인 꽃인가?"

엄마는 내 물음에 수수께끼 같은 미소를 지으며 커피를 내렸다.

"잠이 덜 깼으면 가서 세수 한 번 더 하고 와."

식탁에 한쪽 볼을 대고 누웠다. 유리가 피부에 쩍하고 달라붙었다. 색이 선명한 거베라의 향기보다 커피 향이 더 짙게 날아다녔다.

겨울이 물러나기도 전에 이상기온으로 예년보다 봄이 일찍 찾아왔다. 날씨가 따뜻해져서 좋았지만, 아침저녁 기온 차로 인해 감기 환자가 늘고 있다는 소식이 연일 흘러나왔다. 여름인가 싶을 정도로 낮에는 햇볕이 절정에 이르다가, 밤에는 또 가을인가 싶을 정도로 차가운 바람이 몸을 스쳤다. 이십 년 만에 최악인 봄의 가뭄으로, 건조해진 날씨와 맞붙은 잦은 산불로, 산림청에 다니는 오빠의 얼굴은 보기가 힘들다.

정릉천 옆으로 활짝 핀 개나리가 쏟아져 내리고, 아파트 단지 안에는 벚꽃 잎이 눈발처럼 곳곳을 날아다녔다. 진달래와 철쭉꽃이 흐드러지게 피어 꽃밭의 물결을 이루고, 시간의 순서와 상관없이 봄의 꽃들이 한꺼번에 만개했다. 사람들은 호수와 강변, 개천 주변으로 꽃구경을 나섰다. 뉴스에서도 남쪽뿐만 아니라 전국으로 번진 꽃소식을 보도했다. 거실 화분에서도 실파처럼 생긴 꽃대에서 노란 수선화가 활짝 피었다.

어릴 적 아빠에게 처음 선물 받은 화분이 수선화였다. 화분을 처음 본 날, 나는 양파처럼 생긴 알뿌리가 무슨 꽃이냐고 의심했다. 그런데 아빠 말처럼 양파 같은 알뿌리가 흙 속에 뿌리를 내리고, 싹이 올라오더니, 봄이 되어 노란 꽃잎으로 활짝 피었다. 신기했다. 그때부터 나는 수선화를 좋아했다. 노란 꽃잎은 해바라기처럼 위를 향해 피지 않고 옆을 향해 폈다. 가만히 쳐다보고 있으면 수선화도 마치 나를 쳐다보고 있는 것 같다. 하지만 이렇게 날씨가 덥고 햇볕이 좋으면 꽃이 금방 피었다 진다. 수선화를 보기 위해 빨리 봄이 찾아왔으면 좋겠지만, 금방 피고 지는 꽃잎을 보고 있으면 외로웠다. 아빠가 옆에 있다 갑자기 사라진 것처럼. 그래도 매년 꽃이 지면 시든 꽃대를 조심스레 잘라 구근을 잘 관리해 뒀다가 가을에 다시 심었다.

"엄마, 수선화가 아빠를 닮은 것 같아. 일 년 내내 기다리는데 엄청 짧게 왔다 가잖아. 일 년에 단 하루밖에 연락 안 하고."

내 말에 공감하듯 엄마의 웃음이 터졌다.

"올해도 아빠가 또 문자를 보낼까?"

"글쎄, 이번에는 문자로만 말고 진짜 안과의

자 좀 보냈으면 좋겠네."

나는 너무 웃겨서 눈물이 났다.

엄마의 전화벨이 울렸다. 전화를 받은 엄마의 표정이 심각해졌다. 입이 바짝 마른 사람처럼 전화를 받는 내내 여러 번 물을 마셨다. 오빠가 경찰청 사이버 수사대에 접수했던 일을 처리하기 위해 불법 스팸 대응센터에서 온 전화였다.

"너는 왜 쓸데없이 아무것도 아닌 일을 키워?"

현관에서 오빠가 신발을 벗고 들어오기도 전에 엄마가 언짢은 말투로 나무랐다.

"매년 죽은 사람 번호를 도용해서 가족들한테 사기 문자를 보내는데 당연히 신고해야지."

엄마의 반응이 이해가 안 된다며, 자기가 무슨 잘못을 했냐고 오빠도 언성을 높였다.

"아니, 아무 피해도 없잖아. 막말로 돈 피해 본 것도 아니고, 네 말처럼 내가 전화도 안 하고 클릭도 안 해서 아무 문제도 없는데, 굳이 뭣 하러."

엄마와 오빠의 얼굴이 대결하듯 붉어졌다. 이렇게 둘이 동시에 화가 난 게 너무 오랜만이라

나는 중간에서 누구의 편도 들지 못했다. 일주일이 넘게 눈도 제대로 마주치지 않는 엄마와 오빠 사이에서 애가 탔다.

더위로 푹푹 찌는 날씨에도 한동안 집안의 공기는 살얼음판 같았다. 오늘에서야 같이 저녁을 먹고, 텔레비전 앞에 모여 앉으면서 자연스럽게 녹아내렸다.

"오빠 이제 안 바빠?"

"너는 고등학생이 드라마 볼 시간이 있냐?"

엄마가 참외를 찍은 포크 두 개를 내밀며 오빠와 내 입을 막았다. 요즘 엄마의 최고 관심사인 드라마 스테이지가 시작됐다.

"너도 글 쓰고 싶다며? 나중에 저기다가 공모 한번 해 봐."

엄마는 CJ 엔터테인먼트에서 신인 스토리텔러 지원사업을 오픈했다며, 공모전에서 당선된 10개의 작품을 뽑아 단편 드라마로 만든 거라는 부연 설명까지 해줬다.

"단막극 형식인데 실험적이어서 이상하고 재미있는 것도 많더라. 우리 딸도 이왕 글 쓸 거면 이런 거 당선되면 얼마나 좋을까? 수시도 인정되려나?"

엄마가 어깨로 내 어깨를 툭 밀치며 부담스러운 눈빛을 보냈다.

"엄마, 이제 시작하거든. 나 보지 말고 빨리 드라마 봐! 아니면 딴 데 튼다?"

텔레비전 전체 화면이 까만색으로 변하더니 중간에 하얀색 글자가 나타났다.

'나는 내가 죽을 것이라는 사실에 대해서는 잘 안다. 하지만 정작 내가 알 수 없는 것은 피할 수 없는 죽음, 그 자체이다. -파스칼- '

시작부터 심오했다. 근미래 시한부를 판정받은 아버지가 홀로 남을 아들을 위해 자신을 복제한 AI를 만드는 내용이었다.

"진짜 나중에는 저런 사업을 하는 업체들이

생기겠지? 실제로 가능하지 않을까? 저런 게 진작 가능했다면 아빠도 했겠지? 죽어서도 우리가 아빠랑 대화 나눌 수 있으니까."

오빠가 나를 또 한심하게 쳐다봤다.

"너는 저게 말이 된다고 생각하냐? 지우고 싶은 기억은 조작하고, 리터치하려면 돈을 더 내라면서 다른 방법을 알려주는데 어떻게 저걸 믿냐? 나라면 전 재산을 저런 곳에 안 쓸 거야. 괜한 돈 쓰는 거야. 내가 죽었는데 저게 진짜 나인지, 아닌지 어떻게 증명할 거야?"

"역시 내 오빠 맞네. 사람은 변하지 않아."

나는 오빠에게 엄지를 치켜세웠다.

"그럼 엄마는? 엄마는 어때? 만약에 아빠가 저렇게 AI로 복제돼서 영상으로 대화할 수 있다면 믿을 거야?"

소파 등받이에 몸을 기대면서 엄마가 팔짱을 꼈다.

"처음에는 당연히 못 믿지. 그냥 찍어둔 영상

편지면 몰라도."

드라마 때문에 침대에 눕고도 한참 동안 잠이 오지 않았다. '어머니가 없다 부를 것인가, 어머니가 있다 부를 것인가.' 문학 시간에 배운 〈병풍〉이란 시가 생각났다. 만약 아빠가 AI로 남아 화면으로 대화할 수 있다면 그건 아빠일까? 아닐까? 상상하고 또 상상하느라 오늘 밤은 잠이 들 것 같지 않았다.

초록 잎들이 여름과 함께 사라지고, 노랗고 붉은 잎들이 가을을 불러왔다. 일기예보에서는 올해 여름이 너무 길어서 가을이 짧게 머물다 갈 거라고 말했다. 짧은 시간에도 가을 억새들은 은빛 물결로 멋짐을 뽐냈다. 덕분에 아빠한테 가는 길이 평소보다 두 배는 더 멀었다. 추석을 피해 움직였지만, 가을 풍경이 몰고 올 교통 상황은 미처 예상하지 못했다.

"올해도 스미싱 문자가 올까? 오빠가 신고하는 바람에 이제 안 오겠지?"

오빠가 눈을 찌푸리며 쳐다봤다.

"넌 아빠 전화번호가 도용당해서 그런 사기꾼들에게 이용당하는 게 좋냐?"

"아니, 그래도 신기하잖아. 아무 때나 오는 것도 아니고, 아빠 기일 전날에 딱 한 번! 날짜 맞춰서 보내오는 게."

"옆에서 쓸데없는 소리 하려면 그냥 잠이나 자."

나는 뒷자리에 앉아 있는 엄마를 돌아보며 씩 웃었다. 엄마 걱정하지 마, 올해도 아빠가 꼭 부활할 거니까.

추모원 표지판이 보이고 돌다리를 건너자, 익숙한 모습이 보였다. 어른들은 옷차림만 바뀌었지 여전히 같은 자리에서 꽃을 흔들었다.

"오늘도 꽃 사가?"

"지난번에 산 꽃 3년 동안 시들지 않는 꽃이라며?"

생각지도 못한 오빠의 질문에 엄마는 당황한 눈치였다.

"그럼 조화는 왜 매번 사가? 평생 시들지 않으

니까 한번 사면 끝이지."

엄마 대신 내가 나섰다.

"그럼 이번에는 어디에서 사? 돌아가신 할머니 자리에서 파시던 그때 그 아저씨한테 사면 돼?"

오빠가 자포자기한 듯한 말투로 다시 물었다.

"그럼 이번에는 그냥 가고, 아빠 기일 때 예쁜 꽃으로 새로 사 가자."

이번에는 나 대신 엄마가 대답했다. 처음으로 꽃가게들을 그냥 지나치고 추모원 주차장에 도착했다. 아빠에게 빈손인 게 미안했다.

"올해는 윤달이 껴서 아빠 기일이 한 달이나 늦네."

12월 달력을 넘기며 엄마가 말했다.

"그럼 아빠한테 문자가 올까, 안 올까?"

나는 장난처럼 엄마에게 물었다.

"네 잘난 오빠가 신고하고, 내 핸드폰에 스팸 번호로 차단까지 시켰는데 또 오겠니?"

창밖을 바라보며 엄마가 커피를 한 모금 삼켰

다. 엄마의 눈에 아쉬움이 그득했다.

"엄마 핸드폰 어디 있어? 잠깐만 줘 봐."

나는 엄마 핸드폰 설정에 들어가 오빠가 스팸번호로 수신 차단한 아빠 번호를 다시 차단 해제시켰다.

"혹시 이번에 또 문자가 오면 오빠한테는 비밀이야. 나한테만 알려 줘, 알았지?"

엄마의 얼굴에 미소가 번졌다. 나는 어떤 스미싱이라도 좋으니 아빠 번호로 또 한 번 문자가 오기를, 시간이 빨리 흘러 아바의 기일이 성큼 다가오기를 기다렸다.

[web 발신] 010-****-1853
안녕하세요. 롯데백화점 본점입니다.
김성찬님이 주문하신
스와치 미도 시계가 도착했습니다.
언제 방문 가능하신지 회신 부탁드립니다.
문의 : 02-310-****

엄마와 나는 로또에 당첨된 사람처럼 서로 부

둥켜안고 방방 뛰었다. 아빠였다. 내용도, 링크도, 문의하라는 전화번호도 모두 달랐지만 분명 수신된 번호는 아빠였다. 윤달이 껴서 한 달이나 늦었는데도 또 날짜를 맞춰 문자를 보냈다. 이제는 엄마도, 나도, 스미싱 문자가 아닌 진짜 아빠라고 확신했다. 일 년에 단 하루, 부활하는 아빠를 의심 많은 오빠만 바보처럼 믿지 못할 뿐이다. 오빠가 저녁을 먹으며 둘 다 왜 그렇게 기분이 좋냐고 궁금해했지만, 나는 아무 말도 해주지 않았다. 엄마 핸드폰에 아빠가 보낸 문자를 내 핸드폰에만 공유했다. 첫 번째는 엄마가 홈쇼핑에서 볼 때마다 비싸서 사지 못했던 건강 치료기. 두 번째는 엄마가 갖고 싶어 했던 아줌마들 사이에서 유행하는 명품 속옷. 그리고 오늘 세 번째는 엄마가 하나 사고 싶었던 시계. 어쩌면 이렇게 딱딱 맞힐 수 있을까? 나는 아빠가 하늘에서 지켜보고 있다가 일 년에 한 번, 엄마에게 보낸 진짜 선물이 아닐까 생각했다. 가슴이 쿵쿵 뛰고 괜히 흥분됐다. 들뜬 마음으로 컴퓨터 앞에 앉아 다시 인터넷에 아빠의 번호를 검색했다.

'검색한 번호는 경찰청 사이버 수사대에 23번 신고 접수된 번호로 확인됩니다.'

라디오에서 흘러나오는 노래를 따라 부르며 엄마는 아침 일찍 청소를 시작했다.
"끝나면 곧장 집으로 와."
배웅하는 엄마의 목소리가 다른 날보다 경쾌했다. 거리에는 겨울나무가 아직 봄을 꿈꾸지 못할 만큼 앙상하게 서 있다. 항상 이맘때면 귀가 떨어져 나갈 만큼 바람이 매서워 마음 한구석이 시렸다. 익숙해지지 않는 겨울 추위에 온몸이 시렸고, 아빠가 없는 빈자리가 서러웠다. 그런데 오늘은 이상하리만큼 기분이 좋다. 아빠의 기일이 슬픔 대신 기쁨으로 느껴진 건 재작년부터다. 그때부터 나는 죽음 or 삶이 아니라, 죽음 and 삶이라는 말을 종종 떠올린다.

"혹시 또 이상한 문자 온 거 아니지?"

귀신같은 오빠가 물었다.

"신고당하고 차단당했는데, 너 같으면 또 보내겠니?"

내 불안과 달리 엄마는 미리 준비한 사람처럼 당차게 말했다.

"거봐, 그런 것들은 죄다 신고해야 해. 가만히 있으면 언젠가 한 번은 걸려든다 생각하고 계속 보낼걸?"

나는 속으로 똑똑한 척은 저 혼자 다 한다며 오빠를 비웃었다. 엄마는 오빠 몰래 나를 힐끔거리며 윙크를 날렸다.

"아빠는 이 갈비찜보다 갈비찜 안에 있는 밤을 더 좋아해. 그렇지, 엄마? 은영이가 그러는데 걔네 집은 갈비찜 할 때 밤 안 넣는대. 나는 원래 갈비찜에는 무조건 밤을 넣는 줄 알았는데."

젓가락으로 동글동글한 밤 하나를 쿡 찍으며 문득 그때가 생각났다.

아빠도 할머니도 할아버지도 모두 살아 계시

던 어느 날 밤. 아마도 증조할아버지 제삿날이었던 것 같다. 나는 유일하게 늦게 잘 수 있는 날이라 좋았다. 할머니와 엄마가 부엌에서 제사 음식을 준비하고, 할아버지와 아빠는 물에 담가둔 생밤 껍질을 칼로 하나씩 벗겨냈다. 그 옆에 항상 오빠가 졸린 눈을 비비며 앉아 있었다. 할아버지는 잘 배워두라며 제사를 준비하는 것부터, 제사를 마치고 지방을 태울 때까지 오빠를 옆에 뒀다. 아마 그때만 해도 할아버지는 장손인 오빠가 집안의 제사를 다 챙기리라 믿었을 것이다. 하지만 할아버지가 돌아가시자마자 할머니는 그놈의 제사 지겹다며 죄다 없애버렸다. 제사 대신 교회에 나가 매일 새벽기도를 했다. 그 사실을 할아버지는 알고 계실까? 장손을 위해 제사 방법을 일일이 알려 준 할아버지. 장손의 앞날을 위해 모든 제사를 없애버린 할머니. 어쨌든 그 사이에서 가장 큰 수혜자는 오빠였다.

"맞지, 오빠?"

"무슨 소리야? 할아버지 돌아가시고 할머니

가 교회 다니시는 바람에 이렇게 가족들끼리 식사하게 된 거지."

"아니야, 할머니가 오빠 고생할까 봐 없앤 거야. 아마 그걸로 두 분이 하늘나라에서 만나자마자 막 싸웠을 거야."

오빠가 피식 웃으며 끼어들었다.

"아니, 서로 다른 신을 믿어서 하늘나라에서 두 분이 못 만났을지도 몰라."

"그럼 아빠는 엄청 바쁘겠다. 할머니한테 한 번, 할아버지한테 한 번, 그리고 일 년에 한 번씩 우리 가족들 보러 와야 하니까."

오빠가 내 머리를 흐트러트리며 쓰다듬었다.

"동생아, 죽으면 다 끝이야! 다음 세계는 없어. 그냥 남은 사람들이 기억해주는 거지, 오늘처럼."

나는 오빠 손을 뿌리쳤다.

"아니야! 그럼 우리 가족도 죽으면 다 끝이야? 나는 다시 꼭 아빠 만날 거야. 할머니가 우리 가족을 위해 얼마나 열심히 기도했는데."

나는 너무 흥분한 나머지 하마터면 아빠의 문자를 입 밖으로 내뱉을 뻔했다.

내린 눈이 녹아 겨울잠 자는 곰을 깨웠다. 얼어있던 나뭇가지는 다시 새싹을 틔우고, 날씨도 바람도, 꽃이 필 수 있도록 다시 따뜻해졌다.

할머니의 코는 살아 계실 때 할머니의 작은 몸집처럼 작고 동그랗게 생겼다. 무덤은 죽은 사람이 살아 있을 때의 모습을 그대로 기억한다. 할머니의 작고 둥근 무덤에서 갓난아기의 머리털처럼 듬성듬성 파릇한 풀이 자라고 있다. 무덤 위 잡초들은 계절에 따라 파릇하게 자라나고, 새치처럼 누렇게 세어버리기를 반복한다. 무덤은 죽은 사람을 품고 살아 있다. 무덤도 나이를 먹을까? 영생을 믿으며 눈을 감았던 할머니는 하늘나라에서 몇 살로 살고 있을까. 경은 할머니의 무덤 앞에서 생각했다. 죽는다는 건 사라지는 게 아니다. 옆에 없는 게 서서히 익숙해질 뿐이지. 기억 속에 살아 있는 사람을 죽었다고 긷는 건 슬픈 일이다. 슬픔을 잊기 위해 잊으려 애쓰는 건 더 마음 아프다. 경은 오히려 지난해 헤어진 옛 애인이야말로 자신의 인생에서 죽었다고 생각한다. 더는 내 인생에 존재하지 않으니까. 내 인생 밖으로, 기억 밖으로, 영원히 나갔으니까. 경에게 죽음은 그런 것이었다. 경은 할머니 몸집처럼 작고 둥근 무덤 위에 손을 가져다 대고, 자라난 풀들을 어린아이 머리칼 만지듯 살살 쓰다듬었다.'

"아, 깜짝이야! 제발 좀! 노크 좀!"

엄마가 지난달 청소년 백일장에서 떨어진 소설을 고치느라 골머리를 앓고 있는 내 방문을 벌컥 열고 들어왔다.

엄마의 꼬임에 넘어가 잠시 정릉천 산책을 나섰다.

"오늘따라 자전거 타는 사람도, 걷는 사람도 많네."

천 주변으로 길게 머리를 늘어뜨린 버드나무를 따라 걸었다. 살짝 바람이 불 때마다 어디선가 라일락 향기가 날아와 코끝을 스쳤다.

"엄마, 우리가 계속 아빠를 기억하고 있으면 아빠도 계속 우리 곁에 살아 있는 거나 다름없지?"

엄마가 내 손을 잡더니 걸음에 맞춰 살짝씩

흔들었다. 나는 엄마의 대답을 기다렸다. 아무 말 없는 엄마의 입술이 실룩였다.

띠링! 엄마의 주머니에서 핸드폰 메시지 알림이 울렸다.

"이 시간에 누구지?"

엄마가 바지 주머니에서 주섬주섬 핸드폰을 꺼냈다. 화면 속에서 마치 귀신이라도 본 듯 엄마의 움직임이 그대로 얼어붙었다.

"엄마 왜? 뭔데?"

어둑해지는 거리에서 핸드폰 화면이 눈부시게 밝았다. 1853? 나는 손등으로 눈을 비비고 다시 화면을 들여다봤다. 아빠였다. 기일도 아닌데 아빠가 또 문자를 보냈다. 진짜 죽은 아빠가 다시 세상으로 돌아온 것만 같았다. 기억 속에서 죽지 않으면 살아 있는 거나 마찬가지니까.

[web 발신] 010-****-1853
시간 괜찮으시면, 내일 저녁 같이 하실래요?
김성찬님이 강정임님에게
데이트 신청하셨습니다.

전화를 걸어 번호를 선택해주세요.

1번. 데이트 수락

2번. 데이트 거절

문의 : 02-761-****

나는 무언가에 홀린 듯, 아빠의 이름으로 수신된 문자에 전화를 걸고 싶어졌다.

백봉이

백봉이

분명 낯이 익었다. 나는 TV 리모컨을 집어 들어 볼륨을 높였다. 아는 여자였다.

몇 년째 셰프로 유명세를 한 몸에 받던 여자가 어제 역삼동 자택에서 자살했다. 의자에 목을 매고 스스로 목숨을 끊었다고 한다. 어제도 TV에 나와 웃고 떠들던 여자가 오늘은 죽은 사람이 되어 나왔다. 그것도 자살이다. 천장도 아니고 의자에 목을 매고 죽었다.

나는 식탁 위에 마구 놓인 물건들 사이를 더듬어 핸드폰을 찾아냈다. 화면을 열어 인터넷 검색창에 '의자에 목매고 자살하는 방법'이라고 썼다. 인터넷 메인 화면은 벌써 유명 셰프 태민희의 자살로 빼곡했다. 빼곡히 도배된 화면에는 활짝 웃고 찍은 사진이 검은 띠와 꽃 장식에 마치 포장처럼 굳어 퍼지고 있었다. 검색 순위에는 1위부터 5위까지 모두 태민희의 이름이 올라왔고, 그중에는 최초 발견한 신고자의 이름도 함께 떠 있었다. 황하경, 그 이름도 왠지 낯설지 않다. 역시나 내가 아는 남자였다.

  남자는 한때 내가 자주 다니던 애견 숍 원장이었지만, 지금은 애견 콘텐츠 유튜버로 더 유명하다. 나는 재작년 드라마 장소 섭외를 위해 서산에 3개월, 전남에 3개월씩 지내면서 키우던 강아지를 그곳에 맡겼다. 그곳에서 태민희와 몇 번 마주쳤다. 쌍꺼풀 없이 긴 눈은 화면 밖에서 더 매력이 넘쳤다. 알려진 얼굴 때문인지 무척이나 주변을 의식하던 행동 때문에 나는 둘이 연인 사이임을 단번에 눈치챘다. 지금은 갱년기나 우울증에 도움이 된다는 말을 듣고 키우던 강아지를 부모님 집에 맡겼다. 맡긴 후로 더는 그곳에 가지 않지만, 남자의 소식은 방송을 통해 꾸준히 들려왔다.

  인기만큼이나 한동안 구설수도 많았던 태민

희의 자살에는 애도만이 아니었다. 인터넷 게시판 곳곳에서 셰프 태민희의 인성을 문제 삼는 말들이 올라왔다. 그녀는 최근 동물 보호 단체와 동물 보호 시민단체에서 고소당했다. 우리가 먹는 동물들은 오로지 먹기 위해 길러지는 것들이다, 그들은 그런 삶을 살기 위해 태어났을 뿐이라는 말이 SNS에 떠돌았기 때문이다. 하지만 태민희는 어떤 요리 프로그램에서 우리가 먹는 동물들은 오로지 먹기 위해 길러지는 건 아니다, 직업이 요리사지만 나는 비건주의를 실천하려고 노력한다는 말이 와전됐다고 발끈했다. 또 한 인터뷰에서 영화 '옥자'를 보고 그들이 그런 삶을 살기 위해 태어났다는 점이 너무나 충격이었고, 전부 인간의 이기심이 만들어낸 끔찍한 잔혹함이라고 한 말이 악마의 편집이 됐다며 억울함을 호소했다. 요리 프로그램은 태민희의 주장에 관한 진실은 침묵하면서도 시청자들에게는 정중히 사과하며 급히 종영했다. 사람들은 흥분하며 방송 출연 금지에 관한 글을 청와

대 국민 청원에 올렸다. 태민희 측도 변호사를 고용해 방송 프로그램 편집자와 SNS 익명의 악플러들을 조사 중이라고 대변했다. 태민희의 팬들도 악플러의 심리는 열등감의 표출이 아니냐며 들고 일어섰다. 실체 없는 말들은 한동안 다양한 색깔로 떠돌았다. 그러나 곧 단물 빠진 껌처럼 사람들은 흥미를 잃었다.

태민희는 다시 방송에 나와 웃었다. 어젯밤에는 홈쇼핑에서 웃고 있는 분홍색 돼지 인형과 함께 엄지를 치켜세우며 다가오는 해피썸머 페스티벌을 홍보하고 있었다. 해피썸머 페스티벌이라는 배너의 파란색 글자가 반짝거릴 때마다 전화 주문 숫자가 급회전했고, 쇼호스트는 어수선한 손동작과 함께 숨이 넘어갈 듯 흥분했다. 나는 어젯밤 퇴근 후 습관처럼 켜 놓은 TV에서 태민희의 마지막 모습을 본 것이다. '두툼한 살점, 유명 셰프의 황금 배합 생 양념, 깊은 맛! 감칠맛! 세 팩을 한 번에 구매하면 한 팩당 가격이 무려 7,300원!' 그때 가격을 듣고 잠시 고민하다 채널을 돌린 건 천만다행이다.

　사람들은 실체 없는 말들을 인터넷에서 다시 글로 꽃 피우기 시작했다. 태민희가 이미 죽었는데도 죽은 그녀의 말들을 쓸모없는 풍선처럼 마구 터트렸다. 그녀가 살아서 했던 말들은 마치 희대의 망언처럼 불꽃이 되어 사방으로 번졌다. TV 채널도 마찬가지였다. 리모컨으로 채널을 몇 개나 넘겼는데도 온통 같은 소식뿐이었다. 가뜩이나 자극적인 아침 방송을 기다리는 시청자들에게 아주 적절한 시간대였다. 한 뉴스에서는 벌써 태민희의 주변 지인들이 모자이크 처리되어 인터뷰에 응했다. 그녀가 절대로 자살할 만한 이유도, 그럴 만한 사람도 못 된다며 로봇처럼 변조된 음성으로 훌쩍거렸다. 인터뷰를 거부한 애견 숍 남자에게는 기자 하나가 집요하게 따라붙었다.

　"둘 사이에 죽음을 의심할 만한 일은 정말 없었습니까?"

　연인에 대한 배려나 예의 따위는 없었다.

디리링, 미리 맞춰놓은 핸드폰 알람이 울렸다. 벌써 나갈 시간이다. 뒷이야기가 궁금했지만 서둘러 TV 전원을 껐다. 드라마 제작사가 원하는 콘셉트의 장소들을 주말까지 찾아 보내려면 시간이 빠듯하다. 찾아낸 장소 중에 최적의 장소를 헌팅허야 촬영 섭외와 사후 처리까지 모두 맡게 된다. 촬영 준비 단계에서 장소를 찾는 일은 둘 다 시간에 쫓기긴 마찬가지지만 이럴 땐 차라리 영화가 낫다. 드라마 제작은 전체 제작 기간이나 스케줄이 워낙에 빡빡해서 늘 여유가 없기 때문이다.

이 일을 처음 시작할 때만 해도 나는 단순히 좋은 장소를 여행하면서 돈 버는 직업인 줄 알았다. 하지만 좋은 장소를 여행하라고 돈만 내주는 직장을 꿈꾸는 자체가 그냥 꿈이었다.

내가 하는 일은 단순히 일반인들이 나들이 가듯 다녀오는 장소들을 헌팅하는 게 아니다. 노을이 멋진 장소라면 그 시간을 기다려 현장을 촬영하는 것은 기본이고, 카메라가 위치하기 좋은 장소인지, 연기자들이 위치하기 적합한 곳인지, 드론 촬영이 가능한지, 조명이 필요한 현장에는 어디까지 발전차 같은 장비가 들어올 수 있는지, 촬영 중 식사를 해결할 만한 곳은 있는지, 자동차로 달리는 촬영 같은 경우 차량 통제 문제를 어떻게 해결해야 하는지, 장소 임대를 위해 어떤 서류가 필요한지 등등 상당 부분을 확인하고 준비해야 한다. 차에서 자거나 이동 중에 식사를 해결해야 하는 건 일상이고, 기획부터 방송이 끝날 때까지 장소 섭외를 위해 5개월은 기본이다. 1년 중 6개월 정도는 밖으로 나돌기 때문에 집이 자동차고 자동차가 집이나 다름없는 게 현실이다.

평일 아침인데도 고속도로는 마트 주차장처럼 차들로 빽빽했다. 2시간이면 충분히 달려갈 거리가 2시간 40분으로 계속해서 늘어났다. 얼마 전까지 좌석 시트의 열선을 켰는데, 이제는 열선 대신 에어컨을 켜야 했다. 에어컨 구멍에서 시원한 공기가 나오기도 전어 바깥의 더운 공기가 먼저 차내를 데웠다. 에어컨을 최대로 틀고 내부 공기 순환 표시 버튼을 눌렀다. 창밖의 벚꽃 잎들은 진작에 떨어져 도로 바깥쪽 콘크리트에 찰싹 달라붙어 있었다. 꽃잎을 내던지고 쾌어난 벚나무의 푸릇한 잎사귀들은 흔들흔들 여름과 줄다리기를 하고 있다. 그러고 보니 올해는 언제 벚꽃이 피었다 졌는지도 모르고 지나갔다.

크로나가 달썽을 피우기 전, 나는 여의도 거리의 벚꽃 축제를 장소로 헌팅했었다. 그때는 거리에 꽃나므보다 더 많이 줄 선 사람들과 속 터지게 밀리는 차들로 골치가 아파야 봄이 온 걸 실감했다. 하지만 코로나 이후 모든 축제는 사라지고, 이제는 봄이 언제 오고 가는지도 모르는 처지가 되었다. 폭죽처럼 터져 흩날리던 하얀 벚꽃 잎들이, 폭포수처럼 사방에 흘러내린 노란 개나리들이, 나비처럼 바람에 날갯짓하던 분홍 진달래들이, 민들레 홀씨처럼 흩날리던 봄

햇살들이, 모두 나를 비껴갔다.

　몇 개의 분기점을 지났는데도 도로의 차들은 여전히 앞차의 꼬리를 물고 달렸다. 브레이크 페달에서 발을 뗐다 붙였다 반복하며 콘솔박스 안에 든 선글라스를 꺼냈다. 싸구려 선팅을 입은 유리창은 운전석에 내리꽂는 뜨거운 태양을 막지 못했다. 어느 지점부터는 육상 컨테이너 트럭들이 3차선으로 달리는 내 양옆으로 다가왔다. 다가온 트럭들은 순식간에 나와 내 차를 찌그러트릴 것처럼 달라붙기 시작했다. 달라붙는 트럭들 사이에서 그나마 쥐어짜며 달리던 속도마저 줄였다. 요즘 코로나로 인해 택배며 수출입들이 많다더니, 이렇게 고속도로에서 실감하게 될 줄이야. 당진 영덕 고속도로가 생기면서 거리는 가까워졌지만 몰리는 차들로 시간은 더 늘어난 셈이다. 도착 시간은 전혀 줄어들 생각이 없고, 커다란 트럭들은 계속 나와 함께 달렸다. 점점 다가오는 이정표를 보니 청주 분기점이었다.

감독이 촬영을 원하는 장소의 콘셉트를 브리핑한 날, 작가와 연출자가 함께 후보 장소들을 뽑았다. 나는 선택한 몇 군데 중에 충청도 지역을 맡았다. 최근 충청도 지역만 르름 내내 방문했고, 지금 가는 장소도 오늘로만 세 번째다. 이미 수많은 정크를 상황별로 스크랩하고 촬영했지만, 오늘은 조만간 들어갈 담당자와의 미팅에서 보고서와 함께 보여줄 장면들을 더 찍을 계획이다. 콘셉트의 상황을 가장 효율적으로 촬영할 수 있는 곳, 이번이야말로 감독과 제작자, 작가와 연출자 모두 흡족해할 장소를 찾고 싶었다. 며칠 뒤에 있을 미팅에서 이번 장소를 최종 촬영 장소로 확정만 해준다면 이 정도의 고속도로 상황쯤은 얼마든지 감수할 수 있다.

문의 IC를 지나고 나서야 브레이크 페달로 발을 옮기는 횟수가 점점 줄었다. 이렇게 차가 막힐 때면 한쪽 발로 두 페달을 번갈아 밟는 일도 여간 피곤한 게 아니다. 바뀐 지역의 신호를 잡지 못하고 오계어를 내뿜던 라디오는 이제야 제

주파수를 찾았다. 서울을 한참 벗어난 방송에서도 태민희의 자살에 관한 이야기가 스피커에서 흘러나왔다. 흘러나온 이야기 대부분이 출발 전에 들은 소식과 다르지 않았다. 말하는 사람만 바뀌었을 뿐 도돌이표처럼 같은 이야기다.

출발할 때 사 둔 커피의 마지막 한 모금을 빨대로 쪽쪽 빨아 마시고 나서야 겨우 속리 IC를 통과했다. 하이패스 기계에서 여자의 음성이 나를 반겼다. 요금은 칠천, 삼백, 원입니다. 걸린 시간과 상관없이 요금은 지난번과 같았다.

보은 대추 kg에 2만 원, 철 지난 플래카드가 펄럭이는 도로를 따라 달렸다. 집에서 출발한 지 무려 3시간 만에 드디어 목적지가 보였다. 모내기를 앞둔 논에는 저마다 물을 대고 있었다. 산에는 벚나무와 개나리와 진달래가 함께 봄옷을 벗고, 연초록빛 옷으로 갈아입는 중이다. 서로 사이좋게 어우러진 잎사귀 사이에서 아카시아 꽃나무도 함께 어깨동무했다. 산 밑 저수지는 지난번보다 호수처럼 더 넓고 깊어 보였다.

먼 곳에서는 산의 꽃나무들이 물속에 그림자처럼 비쳤고, 바로 앞에서는 햇빛에 비친 잔물결이 반짝거렸다. 낚시꾼들이 낚싯대를 던질 때마다 윤슬은 은빛 물고기 떼처럼 팔딱거렸다. 팔딱거릴 때마다 비릿한 물 냄새와 향긋한 아카시아꽃 냄새가 뒤엉켜 날렸다.

아무도 주목하지 않는 이 장소를 시청자들의 가슴과 눈을 한숨에 붙잡아 버리는 공간으로 만들 수 있을지 머릿속 상상으로 그려봤다. 드라마 내용이, 등장인물의 성격이, 어울리는 배경이 될 만한 곳을 찾아 주변을 걷고 또 걸었다. 걸으면서도 이리저리 몸을 움직이며 카메라로 포커스를 잡고 또 잡았다. 배경이 인물의 성격과 드라마의 상징적 의미를 보여주기 때문에, 장소에 따라 바뀌는 시청자의 관심을 무시할 수 없다.

나는 계속해서 드라마의 내용과 구성에 맞는 콘셉트를 떠올리며 찍었다. 주인공이 이 배경으로 걸으면 한 편의 화보처럼 보일지, 주인공과 함께 여행하고 사랑에 빠지는 기분이 솟아날지 계속 상상했다. 올인은 섭지코지, 겨울연가는 남이섬, 도깨비는 강릉, 태양의 후예는 태백을 떠올리게 했던 유명한 장소들. 나도 언젠가 그런 장소를 꼭 헌팅하리라.

머리카락과 이마의 경계선에 맺혀있던 땀방울이 옆 볼을 타고 흘러내렸다. 카메라 렌즈를 넣은 가방끈도 어깨를 타고 점점 미끄러졌다. 손목시계를 보니 벌써 오후 4시가 넘었다. 찍던 장면들을 마저 마무리하고 차를 세워둔 쪽으로 되돌아 걸었다. 뻐근해진 목을 뒤로 젖혀 하늘을 보니 파란 하늘에 비행기 뒤를 따라 꼬리처럼 길게 이어진 비행운이 보였다. 곧고 길게 뻗어나간 저 구름, 나는 이번 장소야말로 감독과 연출 모두 흡족해할 것이라 확신한다.

자동차 문을 열고 운전석에 엉덩이만 걸터앉아 신발에 묻은 흙먼지를 털었다. 뒷좌석에서 가져온 노트북을 꺼내 핸들 위에 살짝 걸치고, 바로 카메라의 메모리 카드를 끼워 백업했다. 백업하지 않고 기껏 고생해서 찍은 사진을 몽땅

삭게한 뒤 샅긴 습관이다. 그때만 생각하면 여전히 등골이 오싹해진다. 백업된 걸 몇 번이나 확인하고, 카메라와 렌즈를 분리해 보관함에 넣어 차 뒷좌석에 놓았다.

시간을 보니 바로 서울로 향하면 퇴근 시간과 겹칠 게 뻔했다. 지난번에도 서울 시내에서 저녁 시간을 다 잡아먹었다. 하루에 두 번씩이나 길바닥에서 시간을 허비하기 싫었다. 핸드폰을 꺼내 부재중 연락을 확인하고, 근처에 갈 만한 곳을 검색하기 위해 인터넷 창을 열었다.

인터넷 창에 태민희가 자살이 아니라 타살이라는 긴급 속보가 떴다. 악마의 편집처럼 방송을 내보낸 프로그램, 소문을 사실처럼 퍼트린 유튜버 방송, 특정 유명인을 마녀사냥처럼 몰아간 SNS 악플러들의 '발 없는 살인'이라는 기사였다. 반나절 만에 태민희의 자살은 타살이 됐고, 사람들은 허위사실 유포죄에 관심이 쏠렸다. 욕 많이 먹으면 오래 산다는 말은 다 거짓말이다. 정말 사람들의 말이 태민희를 죽게 만든

것일까? 죽었으면 좋겠다는 말이 꼭 죽기를 바라는 것은 아니다. 그때 나도 그랬으니까. 그렇게 죽는다면 이 세상에 살아남을 사람이 몇이나 될까.

태민희의 죽음은 여느 연예인의 가십거리와도 같지만, 자동차 앞 유리창에 달라붙어 죽은 날벌레처럼 계속 거슬렸다. 나는 핸들 오른쪽에 있는 레버를 몸 쪽으로 끌어당겼다. 유리창 너머 밑쪽에서 워셔액이 분수처럼 튀어나오더니 워셔액을 감지한 와이퍼가 오뚝이처럼 좌우로 움직이며 유리를 닦았다. 닦인 자리에 날벌레들의 사체는 사라졌지만, 사라진 곳에도 여전히 흔적은 남았다.

한참을 망설이다 찝찝함을 떨쳐내지 못하고 내비게이션에 주소를 검색했다. 화면이 로딩 중이라며 반원을 빙글빙글 돌다 20분 안내를 알렸다. 차로 20분, 17년 전으로 돌아가기에는 꽤 가까운 시간이다. 아무래도 오늘, 그곳에 가봐야겠다.

다니던 초등학교 후문에 있던 사택은 사라지고, 사라진 자리에는 카센터처럼 커다란 창고가 생겼다. 넓게 뻗은 나뭇가지 너머에 활짝 열린 문 안쪽으로 마을버스 크기의 학교 차 두 대가 보였다. 나는 창고 근처에 차를 주차했다. 새로 칠한 건물 외벽에는 아이들의 신발 자국과 누군가 긁어내다 포기한 캐릭터 스티커들이 곳곳에 붙어 있었다. 운동장 조회대는 그때 없던 그늘막 천장이 설치되었다. 구름사다리가 있던 자리에는 수돗가가 새로 생겼고, 운동장 한편에 놓여 있던 놀이기구들은 눈에 보이지 않았다. 놀이기구들이 전부 사라졌는데도, 그 시절 친구들과 뛰어놀던 운동장보다도 더 작고 좁았다.

학교 정문을 빠져나와 오른쪽으로 걸었다. 농협 앞에는 여전히 하늘색 공중전화 부스가 서 있었지만, 그 안에 있던 한국통신 공중전화는 사라지고 텅 비었다. 불량식품을 사 먹느라 문턱이 닳도록 드나들었던 태화상회의 천막은 구멍이 숭숭 뚫렸고, 가게 앞 아이스크림 냉장고 위에 진열된 선물용 과일주스의 글씨들은 뿌옇게 휘발됐다. 얼핏 안을 들여다보니, 파는 물건보다 파란 칠이 벗겨진 고무 화분의 꽃나무 수가 더 많았다. 태화상회 2층에서는 한 박자 더디게 피아노 건반을 꾹꾹 누르는 소리가 창밖으로 흘러내렸다. 검정 간판에는 아직도 '정음 모차르트 피아노 교습소'라 쓰여 있다. 초등학교와 근처 학원을 통틀어 피아노 선생님이 제일 예뻤던 게 기억난다.

태화상회 옆으로 은혜약국, 은혜약국 옆으로 성지건설, 성지건설 옆으로 정류소, 모두 그대로였다. 정류소 낡은 벽면에는 '새로운 도약 프로스펙스 이월 물량 대방출'이란 오래된 포스터가 지독하게 붙어 있다. 포스터를 떼면 그 자리의 시간만 멈춰 있을 것 같다. 나는 아직도 촌스러운 글자체로 최신 컷트, 퍼머라고 쓰여 있는 샤인헤어 벽기둥을 끼고 마을 골목길에 들어섰다.

온통 흙길이던 비포장도로는 전부 회색 시멘트로 도배되었다. 시멘트로 도배된 흙길은 그냥 회석 물을 부었는지, 원래 깔려 있던 돌멩이들과 쓰러진 잡초들과 지나간 경운기 바퀴 자국이 화석처럼 남아 있다. 남아 있는 흔적을 고스란히 밟고 걸었다. 마을회관 옆에는 마을을 지키는 600년 된 느티나무가 양쪽 큰 가지에 받침대를 세워 몸을 겨우 지탱하고 서 있었다. 600년을 버틴 나무도 17년이란 시간의 흔적은 숨기지 못했다.

느티나무 옆 병아리색 페인트를 새로 칠한 마을회관 문이 서서히 열렸다. 낯익은 할머니 한 분이 낡은 유모차 손잡이를 잡고 천천히 밀면서 걸어 나오셨다. 모른 척했다가 혹시라도 할머니가 나를 알아본다면, 나중에 아빠에게 한소리 들을 게 뻔했다. 나는 잰걸음으로 다가가 고개 숙여 인사했다.

"누구더라?"

할머니는 나를 전혀 알아보지 못했다. 내가 길상이 큰딸이라고 말한 그제야 아는 눈치였다. 그러다 번뜩 생각났는지 맞네, 닿아, 길상이 딸이 언제 이렇게 많이 컸냐며 내 어깨를 쓰다듬었다. 시집은 갔냐고, 애는 몇이냐고, 물으며 계속 쓰다듬었다.

마을은 조용했다. 황토로 만든 담벼락들은 세월의 무게를 견디지 못하고 찌그러진 메주처럼 주저앉았다. 늙고 낡은 집들이 색깔 벽돌로 새로 지어졌지만, 담장만은 옛날 그대로다. 담 너머 집들이, 집 밖에 널브러진 농기구들이, 마당에 널려 있는 빨래들이, 예전처럼 훤히 들여다보였다. 진한 갈색으로 녹이 슨 우편함은 우편종이만 겨우 입에 물고 대문에 매달려 있었다. 집들은 한 집 지나 한 집이 빈집이었고, 빈집에는 사람 대신 오래된 담쟁이덩굴과 명패만이 살고 있었다. 예전에 버스가 쉬어가던 구판장은 쓰레기 재활용 처리장으로 이름이 바뀌었다. 이름이 바뀐 구판장은 커다란 철문으로 굳게 닫혔다. 굳게 닫힌 철문 좌측에 내가 이곳에 온 이유가 아직 고스란히 남아 있었다.

한국건강원, 바로 이곳에 온 이유다.

 세월의 무게로 비스듬히 기울어진 간판과 이미 오래전에 시간이 멈춰버린 가게의 형상은 그때의 기억이 떠오를 만큼 참담했다. 벽이 벽의 허물을 벗고, 허물을 벗은 벽의 콘크리트가 부서져 나간 자리에는 속살처럼 철근이 드러났다. 철근의 뼈대 사이로 삐져나오다 굳어버린 흙과 자갈이 작은 힘만 스쳐도 금방 부스러질 것 같았다. 나는 가게 주변에 정신없이 엉켜 있는 수풀을 헤집고 뒤쪽으로 향했다. 버려진 가게처럼 수풀 사이사이에는 버려진 쓰레기와 나무토막들과 유리병 조각들이 숨어 있었다. 숨어 있던 것들은 몇 번이나 내 발목을 휘청이게 했다. 가게 뒤쪽 담벼락도 오래된 페인트가 허물을 벗고 속살을 드러냈다. 그 사이에서 다 지웠다그 믿었던 그때의 흔적들이 또렷하게 나타났다. 나타난 흔적들이 또렷하게 그때의 감정으로 되살아났다. 나의 첫 증오심이자 죄의식이다.

백봉이

신발 밑창 질질 끌고 다니던 나의 코흘리개 시절. 그 개를 처음 만난 날, 그 개가 달려와 안기는 바람에 뒤로 나자빠졌다. 나는 정신이 혼미해져 눈물을 훔칠 틈도 없이 놀라 기겁하고 집으로 도망쳤다. 내 몸통만 한 몸집, 할아버지 머리카락보다도 더 희고 하얀 털이 무서웠다. 털끝은 깔끄럽고, 헥헥거리며 늘어트린 긴 혀는 금방 나를 집어삼킬 것만 같았다. 그 뒤로도 나는 녀석을 피해 숨거나 도망쳤다. 하지만 녀석은 귀신같이 나를 찾아 쫓았다. 하루는 도망치다 돌부리에 걸려 구르는 바람에 무릎이 깨졌다. 그때 녀석이 달려가 주인아줌마의 옷자락을 끌고 왔다. 아줌마가 나를 일으켜 세우며 말했다.

"반가워서 좋다고 저러는 거야."

얼마 뒤 나는 녀석과 조금씩 가까워졌고, 목덜미까지 간지럽혔다. 처음으로 아줌마를 따라 '백봉이'라는 이름도 불러줬다. 부르기만 해도 엉덩이를 하늘로 치켜들고 콩콩 날뛰던 백봉이. 너무 좋아 흥분할 때면 네 발로 달리면서도 술 취한 사람처럼 중심을 잡지 못하고 나자빠졌다. 그때 그 선한 백봉이의 눈빛이 아직도 잊히지 않는다.

어느 날, 백봉이가 감쪽같이 사라졌다. 학교 가는 길에도, 집으로 돌아오는 길에도, 늘 가게 앞 평상 아래 그늘에서 기다리던 백봉이가 보이지 않았다. 가게 앞에서 서성이자 아줌마는 백봉이가 집을 나갔다며 찾아도 소용없다고 나를 돌려보냈다. 나는 학교를 마치고 친구들과 함께 백봉이를 찾아다녔다. 마을 뒷산과 이웃 마을까지 샅샅이 뒤지며 집 나간 백봉이를 한 달이 넘도록 기다리고 또 기다렸다. 끝끝내 백봉이는 돌아오지 않았다. 아니, 돌아올 수 없었다. 아줌마의 말은 모두 다 거짓이었으니까.

도흘리개를 벗어났을 때, 비로소 나는 가게 간판에 쓰인 글자의 의미를 알게 되었다.

「한국건강원」 '한 마리 100봉, 반 가리 50봉'

백봉이

빨간색 간판에 흰색 글씨로 뚜렷하게 쓰여 있었다. 유리창에는 빨간색 글자 스티커가 세로로 붙어 있었다.

개
고
기
팝
니
다.

백봉이는 알았을까? 묘비명 같은 자신의 이름을. 조금만 일찍, 내가 제대로 글씨를 읽을 줄 알았더라면 백봉이를 구할 수 있었을까? 30년 전 일인데도 어제 일처럼 눈물이 핑 돈다.

그날 저녁 아줌마가 가게 문을 닫고 들어간 뒤, 나는 친구들과 함께 건강원 간판에 돌을 던졌다. 내가 알던 백봉이가, 100봉이라는 사실을 숨긴 건강원 아줌마는 나쁜 사람이었다. 아줌마가 백봉이에게 지어준 이름은 아빠가 나를 사랑해서 지어준 이름처럼 좋은 뜻이 아니었다. 백봉이를 죽여서 팔아먹을 생각으로 지어준 이름이지.

던진 돌멩이에 맞은 글자 하나가 떨어지면서 간판에는 '한 마리 봉, 반 마리 봉'이라는 글자만 남았다. 아줌마는 늦은 밤 우리 집에 찾아와 엄마에게 화를 냈고, 아빠는 나를 크게 야단쳤다. 야단을 맞은 나는 처음으로 방문을 걸어 잠그고 밤새 이불을 뒤집어쓴 채 큰 소리로 울었다. 야단맞은 게 억울해서가 아니었다. 아빠가 아줌마 편단 들고, 나에게는 죽은 개 따위 그만 잊어버리라고 말했기 때문이다.

어쩌다 소문이 났는지 마을회관 앞 느티나무 밑에 앉아 있던 동네 어른들은 나를 볼 때마다 괜찮냐 물었다. 어떤 어른들은 잘했다며 나를 위로했고, 몇몇 어른들은 일부러 흰 개들만 데려와 매번 백봉이라 이름 짓는 게 다 장삿속 아니겠냐며 크게 혀를 찼다. 하지만 건강원 아줌마 앞에서는 장사 잘되냐며 함께 커피를 나눠

마셨다. 타지 사람들에게까지 입소문이 난 건강원은 손님이 끊이지 않았다. 아줌마는 목에 진주와 노란 순금 목걸이를 번갈아 차고 다녔다.

성지건설 아저씨가 몇 번 다녀간 후로 건강원은 마치 새것처럼 변했다. 한국건강원 간판 앞에도 '25년 전통 명가'라는 글자가 더 붙었다. 나무 창살이었던 유리문은 동진 몰딩 아저씨가 금속으로 바꿨다. 새로 바뀐 유리문에는 전보다 더 많은 글씨가 빼곡히 들어갔다.

흑염소의 동물성 건강을 환으로 만들어 드립니다.

그 밑에는 약초 건강보조식품, 흑염소, 개소주, 장어즙, 사슴, 포도, 배 포도즙, 호박, 양파, 한약 달임, 홍삼, 야관문, (각종) 카드 환영이라고 쓰여 있었다.

늦은 밤, 나는 아빠 몰래 집을 빠져나와 친구들과 건강원으로 향했다. 상아색으로 새로 칠한 뒷벽에 서서 주머니 속에 챙겨온 빨간색 크레파스를 꺼내 썼다.

백붕이를 죽인 살인자는 죽어라!
죽어서 꼭 지옥 불구덩이에 떨어져라!

쿨쌍한 백붕이를 죽인 건강원 아줌마가 꼭 벌받기를 바랐다. 할머니 말처럼 나쁜 짓을 한 사람은 죽어서 꼭 지옥 불구덩이에 떨어진다고 믿었던 나에게 그건 가장 큰 벌이었다. 집으로 돌아와서도 빨간색 사인펜으로 일기장에 아줌마 이름을 가득 채웠다. 그 시절 친구들 사이에서 누가 자신의 이름을 빨간색으로 쓰는 건 절대 금지였다. 죽거나 사라졌으면 하는 사람의 이름을 빨간색으로 쓰면 소원이 이루어진다고 믿었기 때문이다.

참새 나는 끙끙 앓았다. 진짜로 건강원 아줌마가 죽어서 지옥에 떨어질까 봐 무서웠다. 어른을 욕한 나도 나쁜 짓을 했다고 지옥에 떨어질까 봐 온몸이 부들부들 떨렸다. 지옥에 가서 뜨거운 불구덩이로 떨어지면 다시 태어날 수도, 다시 엄마 아빠를 볼 수도 없다는 생각에 두려웠다. 다음 날에도, 그다음 날에도, 나는 지옥 불구덩이에 떨어지는 꿈을 꿨다. 잠들지 못한 나는 서랍장 깊숙이 숨겨둔 일기장을 꺼내 아줌마의 이름을 빨간색 사인펜으로 쓴 것을 갈기갈기 찢었다. 그러나 너무 무서워서 밤에 몰래 나가 건강원 뒷벽에 쓴 글씨를 지우는 일은 차마 할 수 없었다.

며칠 뒤, 마을에는 요란스러운 사이렌을 켜고 경찰차 두 대와 응급차 한대가 들어왔다. 구경하러 몰려든 마을 어른들은 건강원 주인이 자살했다고 속닥였다. 몇몇 어른들은 소매 끝으로 눈물을 훔쳤다. 경찰이 닫힌 유리문을 깨고, 깨진 유리창 안으로 손을 넣어 잠금장치를 풀었다. 닫힌 문이 열리면서 깨진 유리창 조각들이 바닥으로 우수수 떨어졌다. 주변은 금세 소란스러웠다. 아줌마가 이불 같은 것에 둘둘 말린 채

이동식 침대 위에 실려 건강원 밖으로 나와서야 겨우 고요해졌다.

엄마는 아빠와 함께 할머니를 모시고 장례식장에 다녀온다며 일찍 저녁상을 차렸다. 늦을지도 모르니 동생과 먼저 먹고 자라고 했다.

옆에서 놀아달라고 칭얼대던 동생은 지쳐 잠들었다. 나는 무릎을 꿇은 자세로 이불을 뒤집어쓰고, 엎드려 두 손을 모았다. 유리창 밖에서 바람에 흔들리는 나뭇가지처럼 온몸이 으스스 떨렸다. 정말로 내 탓이 아니길 두 손 모아 간절히 기도하고 또 빌었다. 백봉이를 죽인 아줌마가 죽었으니, 이번에는 내 차례인 것만 같았다. 아줌마를 죽인 나도 곧 죽겠지? 이제 아빠도 엄마도 할머니도 동생도 볼 수 없고, 동네에 살인자라고 소문이 나면 가족들도 이곳에 살 수 없겠지. 천둥 번개가 칠 때보다 더 무서운 공포가 머릿속을 짓눌렀다.

결국, 엄마가 오기 전에 수세미와 퐁퐁을 들고 건강원으로 뛰어갔다. 누가 볼까 무서웠지만, 주위를 두리번거리며 뒷벽에 쓴 글씨를 박박 지웠다. 나는 아줌마가 다시 살아 돌아왔으면 좋겠다고 빌고 또 빌었다. 그리고 며칠 동안 볼거리를 앓았을 때처럼 아팠다. 온몸은 뜨겁게 달아오르고, 구역질 때문에 먹지도 못하고 기운이 쭉 빠졌다. 누워 있던 자리의 이불은 땀으로 흥건했고, 입고 있던 잠옷은 축축하게 젖어 온몸을 감쌌다.

한동안 마을회관 느티나무 아래에서는 자살이네, 타살이네, 뭐에 홀렸는지 속옷만 입고 개장 안에서 죽었다네, 목을 매달았다네, 노름에 미쳐 집 나갔던 남편이 죽이고, 있던 돈을 싹 털어갔다네, 흉흉한 소문이 나돌았다. 부모님도 마을회관에 다녀오는 날이면 나와 동생을 급히 방에 들여보내고 거실에서 낮은 목소리로 소곤거렸다. 동네에서 가장 점잖기로 소문난 할머니마저 건강원 앞을 지날 때마다 지팡이를 짚고 서서 쯧쯧 고개 저었다.

분명 그때, 전부 다 지웠다. 아니, 지운 줄 믿었다. 색 바랜 벽에 아직도 그때의 흔적이 희미하게 남아 있다. 17년이란 시간이 지났는데도 아즉 투명한 그림자처럼, 살인자관이 알고 있는 비밀의 암호처럼. 땅거미와 함께 그때의 죄책감이 몰려와 주위를 에워쌌다. 그간 잊고 지냈을 뿐, 나는 여전히 죄책감에서 벗어나지 못했다.

머리 위에서 고장 난 가로등이 마치 과거의 기억에 주파수를 맞추듯 지지직거렸다. 독구멍에서 멀미가 울렁거리더니 순간 구토를 내뿜었다. 바람에 날리는 시큼한 냄새에 머리를 부여잡고 벽에 등을 기대어 몸을 의지했다.

얼마나 시간이 지났을까, 바지 뒷주머니에서 핸드폰 진동이 요동쳤다. 유림이었다. 몸을 의지했던 벽을 밀치며 반듯하게 일어서려 애썼다. 저린 다리를 절룩이며 건강원 앞쪽으로 걸어 나왔다. 마을을 빠져나왔는데도, 대로변을 걷는 내내 식은땀이 계속 흘렀다. 손등으로 이마의 땀을 훔치며 걷다 보니 어느새 유림이가 말한 가게 앞에 도착했다.

지붕에 매달린 희미한 간판 대신 넋 나간 알전구 몇 개가 반짝이는 입간판이 나를 맞이했다. 찌그러진 가게 문은 문틀에 어긋난 채로 꽉 끼어 쉽게 열리지 않았다. 어긋난 문틈 사이로 삼겹살 냄새와 시끄러운 사람들의 목소리가 비집고 나왔다. 내가 문손잡이를 잡고 흔들자 안쪽에서 주인아저씨가 발로 문을 확 걷어찼다. 문에 조금 더 가까이 서 있었다면 얼굴을 박을 뻔했지만, 주인아저씨는 사과 한마디 없이 소주 한 병을 추가하는 남자에게 걸어갔다.

가게는 이제 막 몰려온 손님들로 북새통을 이뤘다. 그 사이에서 낯익은 얼굴들이 눈에 띄었다. 저번보다 얼굴이 더 거뭇거뭇해진 홍준이와 볼 때마다 배가 더 볼록한 경식이, 쌍둥이처럼 눈썹 문신한 유림이와 영미가 동그란 테이블에 둘러앉아 있었다. 친구들은 내 엉덩이가 의자에 닿기도 전에 오랜만이다, 잘 지냈냐, 촌에서 보니 서울 때깔이 난다, 동시다발적으로 말을 던졌다. 술잔을 부딪치는 사람들의 서로 다른 목소리가 뒤엉킨 식당은 혼이 빠질 정도로 시끄러웠다.

"그 여자 죽인 사람 그 남자 맞지?"

맛깔나게 구워진 삼겹살을 한 점 집으며 경식이가 물었다. 유림이와 영미도 영화나 드라마 쪽에서 뭐 들은 게 없냐며 호기심 가득한 눈으로 물었다. 친구들은 배가 부르고 취기가 오른 뒤에도 태민희의 자살로 소설을 써나갔다. 사랑과 전쟁이 말도 안 되는 대본 같지만, 오히려 현실을 미화한 거라며 불판 앞에서 벌겋게 달아오른 얼굴로 말했다.

나는 자꾸만 한국건강원에 정신이 쏠렸다. 추가 주문이 없자 주인아저씨가 불판을 빼갔다. 불판이 사라지자 달아오른 얼굴들이 희끗희끗 돌아왔다. 나는 한국건강원 아줌마가 어떻게, 왜, 죽었는지 물었다. 취기가 오른 영미가 재수 없게 뭐 그런 일을 궁금해하냐고 손사래 쳤다.

"그게 자살이었나? 뭐, 그렇다고 타살이라 말

하기도 좀 그렇지."

눈알을 굴리던 경식이가 소주잔을 들이켜며 말했다.

"손님은 늘어나고, 개는 부족하고, 그래서 그 아줌마 훔친 개들로 장사한다는 소문도 돌았잖아. 돈에 눈이 돌았는데 멀쩡한 개, 병든 개, 뭐 관심이나 있었겠어? 잡아 온 병든 개한테 물려서 광견병으로 죽은 거지 뭐. 알코올 중독자였던 아줌마가 죽어버리겠다는 말을 입에 달고 살았대."

옆에서 유림이가 덧붙였다. 내가 원하던 말은 아니었다.

"그래서 결국 누가 죽였냐고? 누군가 죽인 게 분명하다니까!"

입술을 쭉 빼 내밀고 풀린 눈으로 듣던 영미가 갑자기 언성을 높였다. 이야기는 다시 태민희로 돌아갔다. 나는 하는 수 없이 이곳에 오기 전, 건강원에 찾아간 이야기를 꺼냈다. 죄지은 사람처럼, 말하면서 괜히 주위를 흘깃했다.

"우리가 건강원 담벼락에 썼던 그 글씨 말이야. 그때 분명 내가 전부 지웠는데 아직 희미하게 남아 있더라."

"우리?"

유림이가 단호한 말투와 눈빛으로 되물었다. 다른 친구들도 전혀 알아듣지 못하는 얼굴로 미간을 찌푸렸다. 죄책감에서 벗어나지 못한 건 아직 나, 뿐이었다. 나는 그때 우리가 백봉이를 찾으러 돌아다녔던 옆 동네 이름까지 구구절절 이야기를 다 읊었다. 친구들은 그런 이름을 가진 개를 본 적도 부른 적도 없다고 선을 그었다.

"정말 건강원 뒷벽에 썼던 게 기억 안 난다고? 아직도 빨간색 크레파스로 쓴 흔적이 희미하게 남아 있는데?"

답답한 마음이 두 손바닥을 테이블로 내리쳤다. 스테인리스 원형 테이블에서 젓가락들이 튀어 올랐다 떨어졌다. 남은 소주가 술잔 밖으로 튕겨 나와 내 오른 손등을 적셨다. 모두의 눈이 휘둥그레졌다. 쓸데없이 왜 거짓말을 하겠냐며 유림이가 내 팔을 붙잡았다.

"기억에 없는 일을 너 혼자 억지를 부린다고 사실이 되는 게 아니야."

홍준이가 내 빈 잔에 소주를 따랐다. 분위기 파악에 나선 경식이가 너무 오래된 일이라 전부 기억나지 않지만, 아주머니가 죽고 난 뒤 갈 곳 없어 떠돌던 하얀 개 한 마리를 본 것 같다며 상황을 수습하려 애썼다.

끌어안고 자던 베갯잇에서 퀴퀴한 냄새가 진동했다. 낯선 냄새에 눈 떠 보니 어제 갔던 식당 근처 여인숙이었다. 대충 양치하고 나와 서울로 출발했다. 서울로 돌아가는 내내 숯불고기 냄새가 함께 달렸다.

"태민휘가 뭔가 내가 괜한 말 꺼내서 미안하다."

헤어지면서 경식이가 한 말이 떠올랐다. 숙취로 계속 머리가 지끈거렸다. 어제 헤어진 뒤로 단체 메신저 방이 쥐 죽은 듯 조용했다. 그토록 알고 싶었던 진실은 이제 그 사실조차 진짜인지

가짜인지 나를 더 혼란에 빠트렸다.

 마신 술이 깨기도 전에 집에 도착했다. 인터넷에서는 아직도 태민희가 남자친구로부터 타살됐다는 가설이 난무했다. 유튜버로 잘 나가니까 전보다 태민희를 무시했다, 범인은 현장에 다시 나타나니까 최초 신고자가 가장 범인일 확률이 높다, 핸드폰의 지워진 메시지를 포렌식으로 밝혀내야 한다, 브레인스토밍처럼 댓글이 줄기차게 이어졌다. 언제부터 포렌식이란 말이 유행어처럼 나돌기 시작했는지 모르겠다.

 보름이 훨씬 지났는데도 단체 메신저 방은 여전히 고요했다. 셰프 태민희의 자살은 신작 영화처럼 매일 새롭게 시끄러웠다. 그녀의 가족들은 태민희의 재산을 정리하다가 자살에 대한 의문점을 특정 방송사에 직접 제보했다. 그녀는 누가 죽였나? 주말에 방송될 예고편이라며 악의적으로 편집된 유튜브 동영상이 인터넷에 떠돌았다. 동영상 밑에는 그녀는 왜 자살했을까? 그녀를 왜 죽였을까? 추측성 댓글이 줄 섰다.

  뒤엉킨 진실과 거짓 속에서 남자는 또다시 도마 위로 올려졌다. 사람들은 남자가 막 잡은 성질 급한 고등어처럼 방송사에 반응하길 원했다. 사람들의 관심이 쏠리자 관심 없던 정규 방송에서도 사건 파일 프로그램을 통해 남자를 추적하기 시작했다. 사이버 수사대에서도 남자의 SNS 활동 기록까지 낱낱이 파헤쳤다. 사건에 관심 없던 사람들마저도 남자가 애견 숍을 운영하면서 유기견들을 데려다 비싼 값에 팔았다는 소문에 귀를 기울였다.

  주말에 내린다는 비 소식 때문인지, 축축한 바깥 공기는 기분 나쁘게 끈적거렸다. 나는 창문을 닫고 에어컨을 틀었다.

  그동안 준비한 보고서와 사진과 동영상을 본 제작자와 감독 모두 마음에 든다며 오늘 미팅에서 최종 촬영 장소를 결정했다. 이제 본격적으로 드라마 촬영이 진행될 예정이다. 나는 다음 드라마 촬영 장소를 헌팅하기 위해 새로운 계획을 세우기 시작했다. 내일부터는 일주일간 고성군부터 속초시, 속초시를 지나 양양군으로 빠져 강릉시, 동해시, 삼척시까지 쭉 움직일 생각이다. 배낭을 꺼내 일주일간 갈아입을 속옷과 몇 벌의 옷과 세면도구를 챙겨 넣었다.

결국, 자살이 아닐지도 모른다는 정황으로 밝혀진 사실은 한 가지였다. 남자가 집에서 자살한 태민희를 발견하고 경찰에 신고한 뒤, 바로 그녀의 핸드폰 비밀번호를 풀어 주고받은 메시지를 삭제했다는 이유였다. 사건은 다시 재조명됐다. 처음에 자살이라고 사건을 수습하던 경찰들은 말을 아꼈다. 기자들은 셰프 태민희를 죽인 범인의 새로운 정황이 드러났다고 언론에 보도했다.

나는 노트북 화면에 인터넷 창을 띄워 황하경을 검색했다. 예견 숍 남자는 왜 메시지를 지웠을까? 만약, 태민희의 장례가 끝나고 메시지를 지웠다면 남자는 참고인 조사에서 끝났을까? 이제 남자는 자살한 여자 친구를 최초 발견한 신고자도, 그녀의 연인도, 잘 나가던 유튜버도 아니다. 처음과 달리 참고인에서 피의자가 된 남자의 표정에서 아무런 감정도 읽을 수 없었다. 진짜 그녀를 죽인 살인범 같았다.

삭제된 메시지는 오늘 저녁 8시 뉴스에서 전 국민에게 공개되었다.

"이젠 정말 그 말도 지겹다. 그냥 죽는 게 어때? 그게 차라리 낫겠어."

할머니의 방황

할머니의 방황

꺾어 신은 운동화를 대충 벗어 던졌다. 벗다가 억지로 벗겨진 양말이 현관에서부터 내 발가락에 매달려왔다.

"야, 다음 주에는 네가 가! 지지난 주에도 내가 갔거든. 양심 좀 있어라."

빈 상자를 발차기로 부수듯 동생의 방문을 걷어찼다. 확 열린 문 사이로 침대에 누워 있던 동생이 깜짝 놀란 몸의 반사 신경으로 일어났다.

"뭐야, 깜짝 놀랐잖아."

나를 확인하자 짜증을 내뱉더니, 귀에서 뽑은 이어폰을 다시 꽂으며 침대에 등을 기대 누웠다.

"야, 왜 나만 가냐고? 다음 주에는 네가 가라고! 안 들려?"

"그럼 누나도 가지 마! 왜 나한테 그래? 누가

하렸냐고, 누가?"

너가 소리치자 순간 자신도 분한 마음이 치솟았는지 다시 일어나 악다구니를 썼다.

그때 등 뒤에 뜨거운 호흡과 검은 그림자가 다가왔다. 집으로 들어올 때만 해도 현관에서 보이지 않던 엄마였다. 엄마는 가만히 듣고만 있을 작정인지, 큰 한숨 한번 몰아쉬고는 아무 말 없이 내 등 뒤에 그대로 서 있었다.

"알겠냐고? 다음 주에는 네가 가라고, 어?"

"아씨, 왜? 누나도 하지 마! 삼촌들도 안 하는데 왜 우리가 나서서 이 난리냐고?"

내가 먼저 내뱉고 싶던 말이었다. 내가 원했던 말은 아니었지만, 동생의 말에 내 속이 다 후련했다. 벌겋게 달아오른 엄마의 얼굴이 눈에 들어온 건 그 후였다. 동생이 온몸에 짜증을 실어 방문을 등지고 벽 쪽으로 휙 돌아누웠다. 그것도 성에 차지 않았는지 침대에 얼굴을 파묻으며 몸을 반 바퀴 더 돌려 퍽하고 엎드렸다. 짜증의 구게에 눌린 오래된 침대 스프링이 찌즈찌걱

불만을 토해냈다.

"야! 둘 다 그만 못해? 이것들이 엄마 앞에서 지금 뭐 하는 거야?"

안 그래도 억울해서 눈물이 날 지경인데 엄마가 나를 쏘아봤다.

"아니, 지금 짜증 낼 사람은 난데 지가 더 저러잖아."

엄마는 내가 억울한 건 신경도 쓰지 않았다. 나는 내 방으로 향했다. 일부러 세게 닫을 마음은 없었는데, 열어 둔 창문으로 훅 몰아친 바람이 방문을 팡하고 큰소리로 닫았다.

"아주 이것들이 보자 보자 하니깐 정말."

엄마가 방문 밖에서 마구 화를 쏘았다. 나는 엄마의 말을 무시하고 책상 의자에 걸터앉아 천장에 매달린 형광등을 쳐다봤다. 눈이 따끔거리더니 찔끔 눈물이 났다. 동생 말처럼 할머니만 집 근처로 이사 오지 않았다면 아무런 문제도 일어나지 않았다. 몇 달 전까지만 해도 이렇게 시간이 오래 걸릴 줄 몰랐기에, 가족 모두가 발

벗고 나선 일이었다. 이제는 얼마나 더 할머니를 따라다녀야 이 모든 게 끝이 날지 눈앞이 캄캄했다. 발가락을 꼿꼿이 세워 바닥을 밀어 의자를 회전시켰다. 방 안이 빙빙 돌았다. 방문 밖에서 아빠가 현관문 열고 들어오는 소리가 났지만 아랑곳하지 않았다. 계속해서 빙빙 돌아가는 의자 위에 멍하니 달라붙어 있었다.

"아빠가 왔는데 나와보지도 않냐?"

아빠의 목소리가 방문을 뚫고 들어왔다.

"안녕히 다녀오셨어요?"

살며시 문을 열어 얼굴을 반만 내밀었다. 지금 막 벗고 들어온 구두를 방향을 틀어 가지런히 정리하는 아빠의 뒷모습이 보였다.

"또 할머니 때문에 한바탕 했네. 어찌 집안 분위기가 조용할 날이 없어, 원."

"밥 먹어!"

엄마가 빨리 나와 밥 먹으라며 방문 밖에서 소리쳤다. 터덜터덜 방에서 나온 동생의 어깨를 밀치며 주방으로 갔다. 아빠가 파자마 차림으로 먼저 나와 식탁 앞에 앉아 있었다. 나는 저녁을 먹는 내내 동생과 눈도 마주치지 않았다. 뾰로통하게 젓가락으로 밥알을 깨작거리던 내 그릇을 엄마가 숟가락으로 탁! 쳤다. 덩달아 아빠도 엄마의 눈칫밥을 먹었다. 나는 모래알같이 씹기 힘든 밥알을 꾸역꾸역 입에 쑤셔 넣었다. 아빠가 먼저 밥숟가락을 내려놓고 자리에서 일어나기만 기다렸다. 아빠가 숟가락을 내려놓고 물컵에 손을 가져가는 동시에 바로 자리에서 일어났다. 그때, 엄마의 핸드폰 벨 소리가 울려 퍼졌다.

"어, 고모~ 이제 막 먹었어요. 식사는요?"

발신자가 할머니라는 것을 눈치채고 나는 방으로 들어와 침대에 누웠다.

나와 동생은 고모할머니를 그냥 할머니라 불렀다. 일찍 돌아가신 외할머니 대신 엄마와 이모들을 고모할머니가 키워주셨기 때문이다. 아빠는 한 번도 본 적 없는 장모님을 대신해 고모할머니를 알뜰히 챙겼다. 명절과 생신 때도 잊지 않고 꼭 나와 동생을 데리고 할머니 집으로 향했다. 할머니가 처음 우리 집 근처로 이사 온다고 말했을 때만 해도 가족 모두가 좋아한 일이었다.

할머니는 할아버지와 아주 오랫동안 노량진시장 주변 작은 주택에 살았다. 초록색 대문을 열고 들어가면 작은 텃밭이 바로 보이는 낡고 오래된 집이었다. 화장실은 집 안이 아닌, 현관문 밖 대문 옆에 붙어 있었다. 불투명한 유리와 은색 양철로 절반으로 나눠진 화장실 미닫이문은 여닫을 때마다 소름 끼치도록 끽끽거렸다. 끽끽거리는 문보다 나는 그 문 안에 박혀 있는 고무신 모양의 흰색 변기가 너무 싫었다. 화장실이 밖에 있는 것도 불편한데 쭈그리고 앉아 볼일 볼 때마다 다리에 쥐가 났기 때문이다.

할머니네 집 거실 벽에는 기다란 모양의 나무판이 장식으로 달라붙어 있었다. 오래된 나무 장식은 세월의 손때가 묻어 늘 반질거렸다. 그 반질반질한 나무 장식 중앙에는 아빠 키만 한

할머니의 방황

높이에 녹슨 못 하나가 너무 도드라지게 삐죽 나와 있었다. 그 못에 늘 같은 사진이 걸려 있었는데, 그것은 한 남자의 사진이었다. 할아버지는 아니었다. 갈색 수염이 덥수룩한 외국 남자였다. 내가 그 사진 속 남자를 빤히 올려다볼 때면 할머니는 내 머리를 쓰다듬었다.

골목 전체가 재개발 지역으로 허가가 떨어졌을 때, 가족들 모두 앓던 이가 빠진 듯 후련해했다. 할머니가 10년 전에 했던 수술로 거동이 불편해져 실외 화장실 대신 요강을 사용했기 때문이다. 진작부터 이사를 권했지만, 할머니는 화장실만 빼면 불편할 게 하나도 없다며 주변 친구들을 핑계로 떠나지 않았다. 하지만 진짜 떠나지 못한 이유는 따로 있었다. 40여 년을 넘게 다닌 교회가 집 근처에 있었기 때문이다.

할머니는 내가 아는 사람 중에 교회를 가장 열심히 다니는 사람이었다. 나는 어릴 적부터 '우리 할머니는 아주 큰 교회에 다녀요'라고 말했다. 어린 내 눈에도 할머니는 할아버지보다,

삼촌들보다, 우리 가족보다, 갈색 수염이 덥수룩한 사진 속 외국 남자를 더 좋아했다.

"할머니, 하나님은 대체 어디 있어?"

"하나님은 우리 마음속에 있지. 그분은 세상 어느 곳에나 계시는 분이셔."

언젠가 내가 물었을 때, 할머니가 했던 그 대답을 지금도 똑같이 해줄 수 있을까? 내가 알던 할머니의 믿음은 이제 예전처럼 크지도, 대단해 보이지도 않았다. 적어도 내 눈에는 그래 보였다. 나는 이제 믿지 않는다. 하나님은 어디에나 계신다고 말했던 할머니가 우리 집 근처로 이사 온 뒤부터 몹시 이상해졌기 때문이다.

거실에서 저속 통화 중인 엄마의 목소리가 들려왔다. 할머니의 목소리는 들을 수 없었지만, 나는 둘 사이에 무슨 말이 오가는지 짐작할 수 있었다. 분명 오늘 다녀온 새 교회에 관해서 이야기하는 게 뻔하다. 뻔한 통화가 길어지는 걸 보아 오늘도 헛수고인 게 분명하다. 안 봐도 비디오란 말은 이럴 때 쓰라고 있는 말처럼 나는 또 확신했다.

 엄마는 할머니가 마음 둘 교회를 찾지 못해서라고 말했지만, 내 생각에는 할머니와 하나님의 사이가 그냥 틀어진 것 같다. 믿음도 사라지고, 하나님도 잃어버린 할머니가 사춘기처럼 방황하는 것 같다. 도대체 할머니의 하나님은 어디로 사라진 걸까. 원래부터 진짜 존재하긴 한 걸까. 애초에 눈에 보이지도 않는 사람을 믿는다는 건 말이 안 된다.

 창밖에 해가 잠들면서 형광등을 켜지 않은 방이 점점 더 어두워졌다. 할머니의 믿음은 무엇일까? 어두운 중에 찾는 빛 같은 걸까? 만약, 하나님께서 할머니를 진심으로 사랑하신다면 길을 잃은 할머니를 올바른 길로 안내해 주셔야지! 나는 할머니가 믿는 신께 항의하듯 혼잣말을 뱉었다.

 일주일밖에 지나지 않았는데, 나는 또 엄마를 대신해 할머니를 따라 새 교회에 가야만 했다.

내 차례가 아니라고 투덜거렸지만, 동생은 이미 축구 교실로 도망쳐 버렸다. 소파에 찹쌀떡처럼 달라붙은 몸을 억지로 일으키려니 심술이 터져 나왔다. 순서라는 것도 그렇다. 약삭빠르지 못하면 순서가 되는 것이니, 어찌 억울하지 않을 수 있겠는가.

　나는 가기 싫은 길을 걸으며 운동화를 질질 끌었다. 노력과 상관없이 그 어느 때보다 할머니 집이 가깝게 느껴졌다. 오늘은 또 할머니가 어떤 핑계를 걸까, 이제 관심도 없다. 여의도에 할머니가 다니던 교회가 뭐 그리 대단한 곳이길래, 이토록 다른 교회에 적응하지 못하는 걸까. 나도 6년을 함께 지낸 친구들과 다른 중학교에 입학하는 게 무진장 싫었지만, 어쩔 수 없기에 그는 적응해버렸다. 물론 할머니의 40년에 비하면 6년 정도는 아무것도 아니지만, 나는 도무지 이해할 수가 없다. 다 큰 어른인 할머니가 자꾸만 어리광을 피우고 떼쓰는 것 같다. 차라리 예전 낡은 집이 재개발 지역으로 허가가 떨어지지 않았더라면 얼마나 좋았을까. 할머니가 우리 집 근처로 이사 오지도, 다니던 교회를 떠나지도, 이렇게 매주 새로운 교회를 찾아 떠돌지도 않았을 텐데. 엄마에게 잔소리 들으며 얼굴 붉힐 일도, 동생과 서로 미루느라 싸울 일도 없을 텐데 말이다.

이런저런 불만을 내뿜으며 할머니 집 앞 골목길에 들어섰다. 5층짜리 신축 빌라들에 칠해진 페인트가 오늘따라 더없이 화려해 보였다. 그 끝에 할머니가 지팡이 대신 걸을 때 지지대로 밀고 다니는 유모차와 함께 서 있었다. 나는 왜 이렇게 빨리 내려왔냐고 크게 소리치며 잰걸음으로 다가갔다. 할머니는 가만히 내 쪽으로 시선만 둘 뿐 대답하지 않았다. 내가 할머니 앞에 섰을 때 비로소 뭐라고 한 거냐며 물었다. 귀가 어두워 암말도 못 알아들었다고.

"벨 누르면 나오지 왜 이렇게 빨리 나왔어요?"

"이거 밀고 나오느라. 우리 지은이 기다릴까 봐 서둘렀지."

갑자기 미안한 마음이 몰려왔다.

"지난주보다 오늘은 조금 더 걸어야 해, 할머니."

할머니가 천천히 유모차를 밀기 시작했다. 마치 엄마 손을 잡고 걷는 어린애처럼 유모차를 붙잡고 뒤따라 걸었다. 허리가 지팡이처럼 휘어진 할머니의 보조를 맞추느라 나는 벌써 피곤이 몰려온다. 천천히 걷는 걸음은 빨리 걷는 걸음보다 늘 몇 배나 더 힘이 든다.

그때 가족들 모두가 반대했었다. 할아버지 말처럼 그 호랑 말코 같은 사기꾼 의사 말만 믿고 할머니 혼자 고집을 부렸다. 결국, 하지 말아야 할 허리 수술을 두 번이나 한 할머니의 허리뼈는 전보다 더 어긋나 휘었다. 휜 허리 때문에 한동안 걷지 못하고 갓난아기처럼 누워 있었다. 그때마다 내가 서방만 잘 만났어도 그 작은 깡통살이 하면서 병을 얻었겠냐며 할아버지를 원망했다. 젊은 시절 직업 군인이었던 할아버지가 한마디 상의도 없이 갑자기 군대를 뛰쳐나왔기 때문이다. 그 후, 할아버지는 할머니와 서울역 앞에서 작은 컨테이너 박스를 인수해 장사를 시작했다. 처음에는 토큰을 팔았고, 토큰이 사라진 후에는 버스 회수권을, 그 후에는 즉석 복권을 팔았다. 할머니는 다리를 제대로 뻗을 수도 없는 한 평 남짓한 작은 깡통 안에서 온종일 앉아 40년의 세월을 보냈으니 허리가 이 모양, 이 꼴이라며 늘 화를 섞어 말했다.

나는 조용히 어른들의 이야기를 듣고 있었지만, 이 모든 게 할아버지 탓이라고 생각하지 않았다. 항상 할머니의 말에 실없이 웃으며 기분을 맞추던 아빠도 허리 수술만큼은 안 된다며 몇 번이나 극구 반대했기 때문이다. 엄마는 그때 수술을 권유한 의사가 여의도 교회의 성가대 친구 아들만 아니었어도, 그렇게까지 믿고 칼을 대지 않았다고 확신했다. 어쨌든 허리 수술 이후에 할머니는 꼼짝달싹 못 하고 몇 년을 집안에서 눕거나 기어 다니며 생활했다. 그동안 할머니가 했던 집안일은 모두 할아버지 몫이 되었다.

할머니는 일요일 새벽이 찾아오면 악착같이 일어나 어김없이 머리에 구르프를 말고 치장했다. 그 불편한 몸을 이끌고 택시를 불러 여의도로 향했다. 큰 소리를 내거나 움직일 때마다 허리에 고통이 쓸린다는 할머니의 말을 나는 꾀병이라 의심했다. 분명 교회에 나가 '주여, 주여' 온종일 기도했을 테니까. 그러다 병을 고쳐주겠다고 속인 사이비가 뉴스에 나오는 것을 보고, 나는 할머니도 그런 이유로 교회에 나가는 게 아닐까 생각했다. 어쩌면 우리가 모르는 할머니만의 이유가 있을지도 모른다고.

나처럼 천천히 할머니를 보조하며 굴러가던 유모차 바퀴가 멈춰 섰다. 할머니가 숨이 차다며 잠시 쉬었다 가길 원했다. 굽어 있던 허리를 조금이라도 일으켜 세우기 위해 할머니가 심호흡을 천천히 내뱉으며, 두 견갑골이 등 한가운데에서 최대한 맞닿도록 힘을 줬다. 굳어 있던 허리가 천천히 움직여 엉거주춤 할머니를 일으켜 세웠다. 고개를 숙이고 걷는 방향으로만 향하던 할머니의 정수리가 하늘 위쪽으로 쭉 잡아당겨졌다. 조금 전보다 키가 커진 할머니가 오랑우탄의 옆모습처럼 두 무릎을 살짝 구부리고 엉덩이를 축 늘어뜨린 채 엉성하게 섰다. 한 손은 일으킨 상체를 지탱하느라 비스듬히 서 있는 허벅지 앞쪽을 붙잡고, 나머지 한 손으로는 팔을 뒤쪽 등허리로 가져가 툭, 툭, 툭, 두드렸다. 툭, 툭, 툭, 두드릴수록 나는 말려 있던 할머니의 허리가 점점 더 판판하게 펴지길 바랐다. 유모차 손잡이에 매달아 둔 꽃무늬 손수건으로 이마와 인중에서 피어오르는 땀을 닦으며 할머니가 지그시 나를 바라봤다.

"너도 힘들지? 아이고 오늘따라 왜케 숨이 찬다냐. 너 먼저 앞장설래?"

"아니, 괜찮아요. 할머니 길도 잘 모르면서 어디로 갈라고 나더러 먼저 가래~"

할머니의 주름진 눈이 미소 지었다.

"할머니, 그런데 지난번 교회는 왜? 또 뭐가 별로야?"

집을 나서기 전, 엄마가 쓸데없는 소리 하지 말고 입 꾹 닫고 있으라고 당부했지만 나도 모르게 답답함이 터져나갔다.

"할머니가 저번에 작은 교회는 답답해서 싫다며? 지난번 교회는 엄청 큰데 왜 또 싫어?"

"기도가 안 나와~ 기도가."

미소 짓던 할머니의 얼굴에 그새 답답한 그림자가 달라붙었다.

"기도는 할머니가 하는 거잖아. 그냥 평소랑 똑같이 하면 되지. 할머니 기도 잘하잖아. 요즘도 매일 아침 일어나서 기도한다던데, 할아버지가?"

"교회가 너무 조용해."

"조용하면 기도하기 더 좋은 거 아냐?"

나는 할머니의 말을 도통 이해할 수가 없었다. 일부러 곤연한 핑계를 대는 것 같다. 기도가 안 나오다니! 기도는 집에서 해도 되고, 마음으로 해도 되는 거 아닌가? 고집불통 할머니를 이해하기란 영 쉬운 게 아니었다.

"크게 기도하는 사람도 없고, 숨이 턱턱 막혀."

순간, 내 숨이 턱턱 막힐 지경이었다.

"나는 큰 소리로 기도하는 게 너무 이상하던데. 꼭 귀신 들린 사람 같아. 옆 사람한테 방해되고. 할머니는 그게 좋아? 완전 민폐던데!"

할머니가 원래 다니던 교회에서는 사람들이 큰 소리로 통성기도를 한다고 엄마에게 이미 전해 들었다. 나는 그 기도가 뭔지 잘 알고 있다. 다시 떠올려도 잊고 싶을 만큼 무서운 기억이다.

이 년 전, 나는 친구의 부탁으로 교회 수련회를 다녀왔다. 청소년 수련회는 어른들과 달리 놀면서 게임도 하고 친구도 사귈 수 있다는 말에 아무 생각 없이 따라나섰다. 처음부터 교회 수련회라고 말했으면 따라가지 않았을 테지만, 차를 타고 외곽으로 간다는 말에 혹했다. 여름 방학 시작과 함께 이틀 동안 집을 벗어난다는 사실에 들떠 있었다. 들떠서 도착한 곳은 경기도 광주에 있는 어두컴컴한 시골길 끝에 있는 건물이었다. 나는 낯선 또래들을 따라 덩그러니 홀로 불을 밝히고 있는 건물 안으로 들어갔다.

학교에서 수련회로 갔던 강당과 비슷해 보여서 처음인데도 전혀 낯설지 않았다.

 저녁을 먹고, 친구와 강당에 열과 줄을 맞춰 앉았다. 큰 십자가가 붙어 있는 앞쪽 무대 위로 예쁜 언니가 마이크를 들고 올라왔다. 그 뒤를 따라 언니 오빠들이 여럿 올라오더니 드럼과 전자피아노, 베이스, 기타 앞에 섰다. 그들이 연주를 시작하자 흥겨운 음악이 양쪽 커다란 스피커에서 뿜어져 나왔다. 모두 예쁜 언니의 리듬에 맞춰 박수와 율동을 따라 하기 시작했다. 처음 듣는 노래였지만, 나는 무대 뒤 화면에 나타난 가사를 마치 아는 노래처럼 따라 불렀다. 몇 번이고 반복되는 노래의 후렴구를 따라 어느새 내 몸도 리듬과 박자에 맞춰 익숙하게 들썩였다. 할머니가 부르던 진지한 찬송가와 달랐다. 옆에서 친구가 요즘 유행하는 CCM이라며, 인터넷 검색창에 치면 영상도 나온다고 말했다.

 "괜찮지? 우리 재미있게 놀다 가자."

 친구의 얼굴이 발그레했다. 내 얼굴도 붉게

달아오른 게 느껴졌다. 에어컨 대신 히터를 켠 것처럼 더웠다. 노래의 멜로디 끝이 흐려지더니 연주하던 밴드들이 모두 무대 밑으로 흩어졌다.

텅 빈 무대 위에 낯선 남자가 걸어 나와 홀로 섰다. 남자는 마이크를 부여잡고 아주 진지하게 기도하기 시작했다. 흥겹던 분위기가 말끔하게 숙연해지더니 조명 몇 개만 남고 모두 소등되었다. 약속이라도 한 듯 모두 눈을 감고 두 손 모아 중얼거렸다. 순식간에 여러 사람의 기도가 내 귀에 달려들었다. 나는 너무 무서워서 도저히 눈을 감을 수 없었다. 놀이공원으로 소풍 간 날, 귀신의 집에서 무섭게 휘몰아치던 사람도 귀신도 아닌 공포의 음성 같았다. 혼자 갈 수만 있다면 당장 집으로 달려가고 싶었다.

나는 친구 옆에서 두 눈을 동그랗게 뜬 채로 멀뚱멀뚱 주변을 살폈다. 두 손을 꽉 움켜쥐고 기도하는 애, 머리를 배꼽 쪽으로 끌어당겨 고개를 푹 숙이고 기도하는 애, 두 손을 천장을 향해 뻗고 기도하는 애, 눈을 감고 고개를 치켜들고 기도하는 애들이 눈에 보였다. 그때 갑자기 친구의 입에서 속사포 같은 랩이 쏟아져 나왔다. 알아들을 수 있는 말은 없었다. 처음으로 친구가 낯설고 무서웠다. 나는 아무 생각 없이 무작정 따라온 걸 후회하며 뜬눈으로 밤을 지새웠다.

다시 걷자며 할머니가 가느다란 손가락으로 내 옆구리를 쿡쿡 건드렸다. 땀에 젖은 티셔츠가 옆구리에 달라붙었다. 땀을 닦던 꽃무늬 손수건을 손잡이에 묶고 할머니가 다시 유모차를 밀기 시작했다. 십 분짜리 거리를 두세 배의 노력으로 도착한 교회 일 층에는 엄마 또래의 아줌마 세 분이 서 있었다. 단정하게 옷을 차려입고 활짝 웃으며 교회주보를 나눠줬다. 교회 주보에는 오늘 예배 순서가 시간대별로 나열되어 있었다.

주보를 받고 할머니의 유모차를 건물 안 한쪽 구석에 주차했다. 목사님이 설교하는 2층 본당은 계단으로 연결돼 있었다. 나는 할머니를 부축해 1층 강당 안으로 들어갔다. 갓난아기를 안은 엄마들과 할머니처럼 거동이 불편한 어르신들로 북적거렸다. 나란히 두 자리가 비어 있는 뒤쪽 의자에 할머니와 앉았다. 생방송으로 목사님을 찍고 있는 영상이 앞쪽 중앙을 가득 메웠다. 의자에 앉아 있는 할머니의 모습만 보면 설교를 듣는 어르신 중에서도 꽤 젊은 편에 속했다. 할머니는 처음 보는 영상 속 목사님을 따라 설교 내내 '아멘, 아멘'을 외쳤다. 나는 조금 창피했다. 예배 중간에도, 기도 시간에도, 옆 사람들이 기도를 끝냈는데도, 할머니는 혼자 눈을 감고 기도했다. 눈을 감고 '주여, 주여' 계속해서 읊조렸다. 나는 할머니에게 바짝 몸을 기대어 기도 내용을 들어보려 애썼다. 내가 알아들을 수 있는 말이라곤 '뜻대로 하옵시고, 그러옵시고, 그렇게 하시옵고' 뿐이었다. 도대체 뭘 자꾸만 하나님한테 하라고 시키는 건지 도무지 알 수 없었다. 그냥 하나님한테 할 말이 무진장 많아 보였다.

  예배가 끝나고 집으로 가는 길에 할머니가 노

상 국숫집 앞에서 유모차를 멈춰 세웠다. 국수 한 그릇 먹고 가자고 했다. 할머니와 나는 국숫집 앞에 펼쳐 놓은 파란색 플라스틱 테이블 자리에 앉았다. 국수를 기다리며 할머니에게 무슨 기도를 그렇게 길게 했냐고 물었다. 믿음을 달라는 기도를 했다고 할머니가 대답했다.

"할머니는 믿음도 없이 교회에 간 거야? 그럼 40년 동안 있는 척 속인 거야?"

뜨거우니 조심하라며 아줌마가 국물이 가득한 국수 그릇을 앞에 내려놓았다. 할머니는 별말 없이 뜨거운 국수 국물을 한 숟가락 입안으로 떠 넣었다.

"믿음이 없으면 안 믿으면 안 돼?"

현관에 유모차를 들여놓고 할아버지한테 인사만 하고 가려던 참이었는데, 할머니가 붙잡았다.

"들어와, 야쿠르트 먹고 가."

야쿠르트는 할머니의 미끼였다. 할머니는 사과를 깎아주겠다며 나를 식탁 의자에 앉혔다.

텔레비전 위에 걸린 십자가와 외국 남자 사진이 눈에 들어왔다. 그 밑에 큰 글씨 성경책과 돋보기가 있었다. 예전 낡은 그 집도, 이사한 새집도 똑같은 물건들 때문에 데칼코마니처럼 닮았다.

"너희 가족이 고생이 많다."

방에서 내복 위에 패딩 조끼를 걸친 할아버지가 걸어 나왔다. 서너 달 넘게 할머니를 따라다니다 그만 몸살에 걸렸다고 했다. 할아버지는 괜히 가까운 곳에 이사 와 네 가족만 귀찮게 군다며 몹시 미안해했다. 나는 괜찮다고, 어차피 방학 끝나면 할머니를 따라다니고 싶어도 못 따라다닌다고 그냥 웃었다. 재빨리 할머니가 깎은 사과를 포크로 찍어 할아버지 손에 건넸다.

어느 날부터 주말이 기다려지지 않았다. 아직도 가족들은 돌아가면서 할머니와 교회를 찾아다닌다. 할머니는 기도가 나오지 않는다며 신식 교회, 구식 교회, 큰 교회, 작은 교회, 십자가가 있는 곳은 어디든 찾아갔다. 두 번 이상 나간 교회는 손에 꼽았다. 도대체 기도라는 게 뭐길래, 할머니는 그토록 힘든 걸음으로 방황하는 걸까. 점점 더 블랙홀에 빠진 나는 머리가 어지러웠다.

"도대체 할머니가 찾는 하나님이 어디 있다는 거야?"

할머니 보조를 맞추고 돌아온 동생이 내게 물었다.

"글쎄, 예전에 할머니가 하나님은 어디에나 있다던데."

"혹시 하나님이 여러 명이야?"

"이 멍청아! 하나님이 왜 여러 명이야? 한 명이겠지."

"한 명인데 왜 못 찾아? 어차피 눈에 보이지도 않는데, 꼭 교회에서 찾아야 해?"

동생의 마음을 백번 천번 이해했지만, 딱히 뭐라 할 말이 없었다.

"누나! 할머니가 하나님 찾아서 복수하려는 거 아냐?"

"눈에 보이지도 않는데 어떻게 복수하냐? 그

리고 할머니는 그럴 힘도 없어."

"아니야. 40년이 넘게 기도했는데, 하나님이 할머니 허리를 고장 내서 믿음이 사라진 거야. 그치? 예전에 하나님을 믿어서 교회에 갔는데, 이제 화내려고 가니까 하나님이 도망간 거야. 그래서 못 찾는 거야. 작정하고 숨어버린 거지."

나는 헛웃음이 터졌지만, 듣고 보니 틀린 말도 아니었다.

"그러니까 네 말은 할머니가 따지려고 숨어 있는 하나님을 찾아 여러 교회를 돌아다니는 거네?"

동생이 내 표정을 보고 확신에 찬 듯 자기 이마를 탁, 쳤다.

"그렇지? 내 말 맞지?"

나는 방으로 들어와 침대에 누웠다. 천장 위에 달린 형광등 불빛을 멍하니 쳐다보다가 눈이 따가워 질끈 감았다. 순간, 친구들 사이에서 떠돌던 인터넷 영상이 떠올랐다. 어떤 화면에 나타난 빛을 한참 쳐다보다가 눈을 감으면 예수님 형상이 브인다는 듯이었다. 한때 유행하던 거라 친구들의 분위기어 휩쓸려 도전했는데, 그때 나도 예수님 형상을 본 것 같다. 하지만 진짜 본 건지, 눈앞에 나타났다고 착각한 건지 잘 모르겠다.

내가 아주 어릴 적부터 할머니는 매일 새벽 일어나 가족들을 위해 기도했다. 그런데도 기도가 나오지 않는다며 여태 교회를 찾아 끝없이 방황한다. 할머니의 기도를 들어줄 하나님은 도대체 어느 교회로 숨은 걸까? 그토록 기도하기를 원하는 할머니를 위해, 하나님이 내 꿈에 딱 한 번만 나타났으면 좋겠다. '제발 내 꿈에 나타나 할머니를 데리고 갈 교회를 지목해주세요.' 나도 모르게 두 손을 깍지 꼈다. '하나님! 간약 당신이 진짜 신이라면, 하늘에서 이 모든 상황을 다 보고 있다면, 제발 할머니에게 정확한 방향 좀 알려주세요!' 그러다 불현듯 눈에 보이지도 않는 신이 어쩐지 못마땅했다. 나는 깍지 낀 손을 풀어 허공에 대고 탈탈 털었다.

할머니의 방황

오늘도 딱 반걸음씩만 걸어야 한다. 겨울이 잠들고 봄소식에 다시 더위가 깨어났다. 할머니의 느린 걸음을 맞추는 건 변함없이 힘이 든다. 누가 나에게 눈감고 동네를 그릴 수 있냐고 물으면 나는 자신 있게 대답할 수 있다. 똑같이 그릴 수 있다고. 할머니를 따라 천천히 걷는 걸음 덕분에 골목 구석구석을 관찰한 지도 벌써 일 년이 훌쩍 넘었다. 이제는 다세대 주택 골목길 입구에 구청에서 세워놓은 음식물 쓰레기통이 몇 개인지 파악할 정도의 경지에 이르렀다.

처음에는 지팡이처럼 휘고 효자손 머리처럼 둥글게 굽은 할머니의 허리가 걱정됐다. 할머니의 몸이 앞으로 몸이 고꾸라질까 봐 느린 걸음을 맞춰가며 천천히 따라 걸었다. 하지만 시간이 지날수록 나는 일부러 할머니보다 더 느린 걸음으로 뒤처지기 위해 노력한다. 교회를 찾아 따라다니는 것도 싫지만, 할머니의 느린 걸음을 따라 수없이 반복되는 말들이 점점 더 지겨워졌기 때문이다.

할머니는 여전히 새로운 교회 안에서 예배를 드리며 뜻대로 하옵시고, 그러옵시고, 그렇게 하시옵고라며 기도했다. 그러나 교회를 다녀온 저녁에는 어김없이 엄마에게 전화를 걸어 기도가 나오지 않는다는 이야기를 반복했다. 가족들에게 싫은 내색 하지 말라며 다그치던 엄마도 치밀어오르는 감정을 추스르지 못하는 날이 늘어났다.

"고모! 그냥 통성기도 해도 돼. 다 각자 스타일인 거지. 왜 눈치를 봐? 여의도처럼 큰 교회가 이 주변에는 없어. 그렇게 많은 사람이 통성으로 기도하는 교회가 얼마나 되겠어?"

엄마도 슬슬 지쳐갔다. 어제는 할머니에지 불만을 작정하고 티 내기로 한 사람처럼 짜증을 섞어 말했다. 조용히 듣고만 있던 할머니는 허리가 점점 더 구부러지더니 작은 몸이 한없이 더 작아졌다. 나는 땅속으로 몸이 꺼질 것 같은 할머니가 안쓰러웠다. 신은 왜 이런 고통을 나이 든 할머니에게 주는 것일까?

할머니는 기도가 나오지 않는다며 계속 새로운 교회를 찾아 방황했다. 방황하는 할머니의 허리는 여전히 지팡이처럼 휘어 있다. 나는 지나치게 천천히 걷는 할머니의 보조를 맞추는 일이 조금씩 익숙해졌다. 익숙해질수록 할머니를 이해하려고 애썼다. 처음에는 아픈 허리를 고쳐 달라고 떼쓰는 줄 알았던 할머니의 기도가 이제는 간절해 보였기 때문이다. 할머니의 기도를 여전히 알아들을 수 없지만, 이 마음을 뭐라 설명할 수도 없다. 그래도 가끔 할머니가 이 동네로 이사만 오지 않았다면 얼마나 좋았을까 생각했다. 할머니가 허리 수술만 안 했다면, 허리가 굽지만 않았다면, 언제든지 예전에 다니던 교회에 나가 마음껏 기도했을 텐데, 하품처럼 한숨이 터져 나왔다.

천천히 걷는 걸음은 빨리 걷는 걸음보다 몇 배는 더 힘이 든다. 할머니가 몸을 지탱하며 밀고 가는 유모차의 작은 바퀴도 나만큼 힘들어

보인다. 할머니는 집에서 십 분도 채 되지 않는 교회들을 마다하고 결국, 다시 본래 다니던 교회를 다니기로 했다. 그 말을 들은 아빠의 표정에서 몇 년 전 끊었던 담배가 생각나 보였다.

이사 오던 날, 할머니는 아빠 자동차 뒷좌석에 담요를 여러 개 겹쳐 깔고 올라탔다. 허리 통증 때문에 같은 자세로 오래 앉아 있기가 힘들기 때문이다. 차가 방지턱을 넘을 때마다, 도로 상태가 조금이라도 좋지 않다고 느껴질 때마다, 할머니는 손으로 꽉 쥐어 잡은 종잇장처럼 얼굴을 구겼다. 아주 작은 호흡으로 겨우 고통을 내뱉으며 식은땀을 흘렸다. 그런 할머니에게 자동차로 한 시간 거리는 한없이 먼 고행길인 게 당연했다. 엄마는 할머니의 고집을 어쩔 수 없다면서도 화가 많이 나 있었다.

"앞으로 교회를 가면 얼마나 가겠다고, 몸도 성하지 않은 분이 고집은 왜 이렇게 부려요? 믿음이 없는 것도 아닌데 이제 좀 편히 다니면 안 되는 거야, 고모? 그 불편한 몸으로 매번 어떻게 다니려고? 겨울에 눈 내리고 날 추워지면 그땐 또 어쩌려고."

 나는 엄마의 팔을 살며시 주무르듯 붙잡았다. 엄마는 말을 멈추지 않았다. 푸념이라도 하듯 지난 일 년 동안의 이야기를 주저리주저리 계속 흘려보냈다. 할머니 옆에서 할아버지가 눈치를 보며 더 미안해했다. 동생은 이 모든 전쟁이 끝나고 평화가 찾아온 게 좋아서 어쩔 줄 몰랐다. 나는 이제 조금 이해가 될 듯 말 듯했다. 어쩌면 누워서 생활하던 할머니가 이 정도로 걸을 수 있었던 건, 끊임없이 교회와 기도에 집착했기에 가능하지 않았을까? 그렇게 생각하니 오히려 감사한 마음이 생겼다. 나는 귀찮아서가 아니라 진심으로 할머니가 원하는 곳에서 맘 편히 원하는 기도를 하기 바랐다.

 혼자서 걷는 길이라면 같은 시간에 열두 번도 더 왕복했을 터지만, 할머니를 보조하며 걷는 걸음은 매번 까마득하다. 나는 이제 할머니를 따라 동네 교회를 찾아다니지 않아도 된다. 그렇다고 할머니와 함께 걸을 일이 아예 없다는 건 아니다. 요즘도 가끔 할머니를 따라 느린 걸음으로 종종 동네를 걷는다. 이런 내 마음을 아는지 모르는지 할머니의 걸음은 좀처럼 빨라질 기미가 보이지 않았다.

날씨가 좋은 오늘은 어린이집 느란 담벼락 끝에서 왼쪽으로 방향을 틀었다. 예전보다 일찍 찾아온 봄이 들목에서 할머니와 나를 기다렸다. 지난주만 해도 봄을 떠올릴 풍경은 아니었는데, 오늘은 아파트 단지 담벼락을 따라 벚나무들이 풍성한 꽃 뭉치를 매달고 줄지어 서 있었다. 할머니는 환하게 얼굴을 내민 생명 앞에서 걸음을 멈추어 섰다. 여전히 꾸부정한 허리로 하늘을 올려다보았다.

"아이구~ 이쁜 것~"

천진난만한 표정을 숨기지 못한 채 제자리에 서서 주위를 둘러봤다. 할머니가 고개를 들어 바라보는 곳마다 바람에 흩날리는 벚꽃 잎들이

폭죽 터지듯 반겼다. 파란 하늘 아래로 연분홍 꽃잎과 하얀 꽃잎들이 눈발처럼 날리다 봄을 알리며 이내 바닥으로 떨어져 내렸다. 바람이 한 번 스쳐 갈 때마다 무수하게 쏟아지는 벚꽃 잎들이 바닥에 '일방통행'이라고 쓰인 글자를 쓸고 가버렸.

"이제는 딱히 벚꽃 구경하러 멀리 떠날 필요도 없어~ 그라지? 천지사방이 볼거리야."

"동네에 이렇게 벚꽃 나무 천지여도 다 놀러 가, 할머니. 할머니는 TV도 안 보나 봐?"

할머니는 말없이 커다란 벚나무만 올려다보았다. 눈과 입가에 주름진 미소가 가득 찼다. 희끗거리는 할머니의 파마머리 위로 벚꽃 잎이 여러 장 떨어져 앉았다. 줄지어 서 있는 벚나무 끝에서 오른쪽으로 방향을 틀자 일 년 전 처음으로 할머니를 따라나섰던 교회가 눈에 들어왔다.

"그래도 오늘은 꽃 보느라 금방 걸었네~ 간만에 이 길을 어째 힘 한 번 안 들이고 걸었어."

할머니가 소녀처럼 환하게 웃었다. 평안한 마

음이 느껴지는, 보는 사람도 기분 좋아지는 밝은 미소였다. 걷다가 교회 앞을 지나쳤다. 토요일이라 그런지 마치 예배가 시작됐을 때처럼 밖이 조용했다. 나는 마음속으로 기도했다. '할머니의 기도가 무엇인지 잘 모르겠지만 제발 좀 들어주세요. 부탁합니다. 처음으로 하는 진짜 기도니까 제발 들어주세요. 제발.'

순간 어디선가 찬송가 반주가 흘러나왔다. 외우고 있는 찬송가 가사가 없는데도 상상할 수 있는 반주가 있다는 사실이 신기했다.

흔적

흔적

화장실 벽면에 매달린 수납장 문을 열었다. 익숙하게 작은 상자에 손이 먼저 나갔다. 뚜껑 없는 상자에는 선크림, 아세톤, 아이리무버, 테이프들이 담겨 있다. 내가 자주 쓰는 것들이자, 없으면 불안해지는 무엇보다 소중한 물건들이다. 심리적 불안감은 생각보다 컸다. 자꾸 집착하게 되고, 곁에 두지 않으면 초조해졌다.

조심조심 상자를 들고 주방으로 갔다. 선물로 받은 찻잔 세트를 꺼내 상자와 함께 식탁 위에 올렸다. 의자에 앉아 찻잔 받침을 뒤집었더니, 밑에 떨어지다 만 스티커가 거머리처럼 달라붙어 있었다. 나는 미리 뽑아둔 물티슈 한 장을 펼쳐서 구둣방 사장님처럼 검지와 중지를 붙여 둘둘 말아 잡았다. 상자 안에 든 선크림을 꺼내 몇

방울 떨어트린 뒤, 말아 잡은 물티슈로 찻잔 받침 뒷면을 때를 밀듯 세밀하게 밀기 시작했다. 끈적한 끈끈이들이 살구색 선크림과 뒤엉켜 밀어대는 물티슈에 들러붙었다. 찻잔 받침 뒤에 눌어붙은 스티커의 흔적들이 떨어져 나가면서 받침의 유광이 그 자체로 반들거렸다. 썰물이 훑고 간 후에 갯바닥이 훤히 드러나 보이는 것처럼 속이 후련했다.

손가락에 말았던 물티슈를 풀어헤치고, 새 물티슈 한 장을 뽑아 남아 있는 종이 찌꺼기를 한 방향으로 쓸어 닦았다. 보통 그릇이나 컵 뒷면에 붙은 스티커는 뜨거운 물에 불리면 바로 제거되지만, 가끔 이렇게 애먹이는 게 있다. 어차피 떼어질 거면서 왜 이리 떨어지지 않으려 안간힘을 쓰는지. 거머리처럼 징그럽게 달라붙어 있는 스티커를 보면 나는 도저히 참을 수가 없다.

"또! 또! 또! 또!"

시집가기 전까지 친언니는 나를 볼 때마다 반복해 말했다. 나를 바라보는 눈빛에는 '그놈의

흔적

정신병!'이라는 말이 늘 섞여 있었다. 언니는 내 손을 볼 때마다 이해할 수 없다며 미간에 힘을 줬다. 아직도 내 엄지와 검지 지문에는 덜 닦인 인주가 물든 것처럼 벌겋다. 상자의 물건들을 사용하기 전까지 나는 스티커를 떼고 남은 끈끈이를 손톱으로 긁어냈는데, 언제부턴가 손톱이 종잇장처럼 찢어지기 시작했다. 그 뒤로 엄지와 검지로 박박 문지르며 끈끈이를 떼어내다 보니 벌겋게 달아올라 껍질이 벗겨지곤 했다. 그때 그 흔적들이 아직 남아 있었다.

언제부터였을까? 이런 물건에 대한 집착이. 물티슈를 정리하고 상자를 들고 화장실로 향했다. 수납장에 넣고 보니 상자 한쪽 면에 스티커가 붙어 있었다. '건들지 마시오' 언제 붙였는지 기억도 나지 않았다.

문밖에 택배가 도착했다고 문자메시지가 들어왔다. 택배 상자를 들고 들어와 또 식탁 위에 올렸다. 나는 겉에 붙은 테이프를 깨끗이 떼어내고 상자를 열었다. 개별 상자로 포장된 샴푸 4개와 사은품으로 넣어준 휴대용 샴푸 3개가 들어 있었다. 개별 포장된 상자에서 일일이 샴푸를 꺼내 화장실 수납장에 정리했다. 또 다른 상자에는 신상 소식에 열른 구매한 얇은 니트 소재의 카디건이 들어 있었다. 카디건을 싸매고 있는 비닐을 벗기고 옷을 꺼낸 뒤, 목 뒤쪽에 붙은 옷의 라벨에 옷핀으로 미단 상표를 떼어냈다. 옷을 뒤집어 옆 라인 허리즘에 박아놓은 품질경영 및 공산품 안전 관리법에 의한 품질표시 라벨 서너 장을 가위로 싹둑 잘랐다. 잘려나간 라벨과 상자에 들어 있던 반품 시 유의 사항이 적힌 종이를 함께 휴지통에 버렸다. 문득, 그날의 쓰린 기억이 떠올랐다 라벨을 떼어내다가 얼떨결에 명품 값을 좌우한다는 상표를 반절이나 싹둑, 잘라 짝퉁이 됐던 존퍼. 생애 처음 큰맘 먹고 산 명품 점퍼라 떠오를 때마다 속이 쓰렸다.

처음에는 그냥 물건의 포장이나 상자, 비닐을 벗기고 물건만 빼서 정리하는 게 전부였다. 혼자 살면서 생긴 습관인 줄 알았다. 언제부터 그 습관은 결벽증처럼 심해지기 시작했다. 새 옷은 무조건 사자마자 빨아 입고, 옆구리에 달린 상표를 가위로 잘라내고, 이제는 상표를 매듭짓고 있는 실밥들마저 족집게로 일일이 다 떼어버려야 직성이 풀렸다. 왜 그런가 곰곰이 생각해보니, 나는 새 물건이 싫었다. 물건을 살 때는 돈 쓰는 게 아깝지 않을 정도로 기분이 좋다가도 새 물건을 들고 집에 들어서는 순간 낯선 마음이 막 휘몰아쳤다. 이미 돈을 지불하고 내 소유가 된 물건들인데도 굳이 상표를 다 뜯거나 스티커를 떼어내야 내 것처럼 안심이 됐다. 이 낯선 마음을 뭐라 표현할지 모르겠다. 새것의 느낌이 싫다고 표현할 수밖에 없어서 답답할 뿐이다.

"그렇게 안 하면 막 계속 신경 쓰이고 짜증 나고 그래?"

"아니, 그냥 새 물건인 느낌이 싫어. 붙은 상표나 스티커를 떼야 마치 쓰던 것처럼 편하거든."

"강박 증상이긴 한데, 일상생활 중에 엄청난 불편감을 주는 게 아니면 그냥 성격이라고 봐도

될 것 같은데?'

"그치? 이상한 건 아니지?"

"그럼~ 불안이 높으면 해소하려는 행동일 수도 있고, 상품이 나에게로 왔을 때 혹여나 내가 새것처럼 아끼지 못했을 때 오는 불안, 죄책감일 수도 있어. 책임감이 있는 사람들은 물건에 그런 행동을 보이기도 하거든."

상담소에서 수련 중인 수현은 너가 물을 때마다 별거 아니라며 내 걱정을 가볍게 받아줬다.

"어차피 돈 내면 그만인데 상표를 떼든지 스티커를 떼든지 그건 네 맘이지 뭐. 너무 신경 쓰지 마-."

이렇게 말하면서도 정작 수현 자신은 새 물건 특유의 느낌을 버리기 싫다며 작은 상자조차 버리지 못했다. 나는 새것처럼 아끼지 못했을 때 오는 불안, 죄책감일 수도 있다는 수현의 말을 여러 번 곱씹었다.

알람이 울리기 전에 먼저 눈이 떠졌다. 방을

꾸미느라 커튼 대신 선택한 새하얀 블라인드가 아침 햇살을 막지 못했다.

화장실로 들어가 양치하고, 머리를 감고, 샤워를 끝낸 후에 샤워 부스 유리에 매달려 있는 물방울들을 밀대로 밀어냈다. 드라이어로 머리를 말리고 양치하면서 세면대 거울에 튄 치약 자국을 유리 전용 마른 손수건으로 닦았다. 샤워기로 이곳저곳 욕실 바닥에 정신없이 흩어진 머리카락을 배수구 쪽으로 몰아 머리카락 한 줌을 휴지로 싸서 쓰레기통에 버렸다. 사용한 칫솔, 치약, 샤워용품들을 모두 제자리에 일렬로 줄 세워놓고, 물기로 얼룩진 세면대와 바닥, 변기를 물로 닦아낸 뒤, 물기 제거막대기로 바닥이 뻑뻑해질 때까지 쓱쓱 배수구로 밀었다.

방으로 돌아와 이불과 베개를 정리하고 섬유향수를 살짝 뿌렸다. 외출복으로 갈아입고 난 후에야 새로 장만한 새하얀 식탁 앞에 앉았다. 생수 한 잔을 들이켜고 출근할 요량이었다.

식탁이 배달된 날, 무언가 흘리는 것이 싫어

서 그 위에 커다란 투명 아스테이지를 깔았다. 반짝이는 광택을 더럽히는 게 싫었기 때문이다. 언니는 얄궂게 웃으며 비아냥거렸다.

"이렇게 깨끗하게 관리할 거면 식탁을 들이지 말지. 너무 부담스러워서 누가 밥이나 먹을 수 있겠니!"

그러곤 한심한 얼굴로 한참 동안 식탁을 내려다봤다. 언니의 투덜거림보다 언니가 들고 있는 커피 잔이 신경 쓰여 견딜 수가 없었던 기억이 함께 오버랩되어 스쳤다. 유난을 떠는 나도 정상은 아니지만, 언니의 털털함도 정도를 넘어선다고 생각했었던가.

나는 주방에서 어젯밤 남긴 흔적들을 치우고, 공기청정기와 로봇청소기를 작동시켰다. 거실 끝에서 실내화를 안쪽으로 향하게 벗어 놓고, 미리 분리해 놓은 쓰레기를 들고 현관을 빠져나왔다.

역시나 3호선 지하철은 발 디딜 틈이 없었다.

오늘은 시청이 아닌, 서초역으로 가야 한다. 국립중앙도서관 미디어 창작실에서 녹음이 있는 날이다. 3호선만 타도 벅찬데 을지로 3가에서 2호선까지 갈아타야 할 생각에 벌써 숨이 턱 막혔다. 일 년 중 수능 날이 가장 춥다는 말도 이제는 다 헛말이다. 이틀 전 수능 날도, 오늘도 예상 최고 기온은 19도를 웃돌았다. 지하철을 기다리며 줄 선 사람들의 옷차림에는 가을과 겨울이 섞여 있다. 두 계절이 마중과 배웅을 동시에 하고 있었다.

지하철 문이 열리자 타고 있던 사람들이 안쪽에서 쭉 찢어지듯 밖으로 빠져나왔다. 그들이 빠져나온 공간에 꾸역꾸역 내 몸을 맞춰 들어갔다. 캄캄한 터널 속을 달리자 빨랫줄에 어깨를 겹쳐 널어놓은 티셔츠처럼 축 늘어진 무표정의 사람들이 유리창에 비쳤다. 열차에 가속도가 붙었다 줄었다 할 때마다 이리저리 비틀비틀, 마치 영화에서 본 좀비들 같았다. 간혹 열차가 급정거할 때마다 짜증이 터졌는데, 감정이라고는 그때밖에 느끼지지 않았다. 내 등 뒤쪽 반대편 문이 열리면서 더 많은 좀비가 몰려 들어왔다. 이른 아침 좀비들은 어디를 향해 달려가는가? 아침부터 좀비들을 잔뜩 실은 이 열차는 어디를 향해 달려가는가? 속으로 혼자 질문하며 사람들의 표정을 살폈다.

서초역 6번 출구 계단을 올라갈수록 노랫소리가 점점 더 커졌다. 오늘도 검찰청 앞에 시위가 벌어지고 있는 모양이다. 평일 아침인데도 많은 인파가 모여 정치권 인사 한 사람을 당장 잡아 구속 수사하라며 언성을 높였다. 시의대 앞을 지나칠 때마다 느끼지만, 사람들은 나와 다른 생각과 의견을 가진 사람들을 이 지구상에서 아예 날려버릴 기세다. 물론 나도 내가 좋아하고 싫어하는 사람에 대한 마음가짐이나 행동이 다른 건 마찬가지다. 극단적인 양극화 현상, 어느 것으로도 조율과 타협은 허락하지 않겠다며 사람들은 말로 상처를 남겼다. 말로 뱉은 상처에 사람들은 아팠지만, 어디 상처가 나거나

부러진 것이 아닌 이상 눈에 띄는 외상은 없었다. 신음해 봤자 모두 흥흥거릴 뿐이었다. 생각보다 사람들은 이해관계의 틀에서 잔인함을 보였다. 무자비함으로 얼룩진 상처들이 분노로 표출되어 목소리를 높였다.

미디어 도서관 입구에서 에스컬레이터를 타고 보관실이 있는 지하로 내려갔다. 가방을 맡기고 다시 1층으로 올라가 바코드를 찍으려는데 앞에 익숙한 뒷모습이 보였다. 선배였다.

"어, 왔어?"

"네, 조금 일찍 도착했어요."

선배와 나는 같은 대학에서 공연예술을 전공했다. 학교를 졸업한 선배는 일본에 넘어가 다시 사진을 전공했고, 나는 대학원에 들어가 문학을 전공했다. 우리는 10여 년이 넘게 서로의 소식을 모르고 지내다가 재작년 J의 결혼식에서 다시 만났다. 한국에 돌아와 사진작가로 활동하고 있는 선배와 글을 쓰고 있는 나는 종종 서로의 근황을 나눴다. 전시와 더불어 다양하게 활동 증인 선배는 최근 팟캐스트를 진행하기 시작했다. 나는 오늘 그 팟캐스트의 손님으로 이곳에 초대받았다.

배경 스크린이 파란 3번 방 녹음실에 들어서자 LED 조명 2개와 USB 마이크, 카메라 삼각대, 웹캠, 데스크탑 PC, 헤드폰들이 가지런히 정리되어 있었다. 선배는 1~2인실이라 장소가 협소하다고 했지만, 나에게는 이 공간이 신기할 뿐이었다. 선배는 마이크와 장비에 노트북을 연결했고, 나는 미리 받은 스크립트와 질문지를 채워 출력해온 종이를 꺼냈다. 인중에 땀이 맺힐 만큼 은근히 긴장됐다.

"어차피 둘이 긴 호흡으로 한 번에 가진 힘들 거야. 10분, 15분 이렇게 잘라 갈 거니까 너무 걱정할 필요 없어. 그냥 평상시 나랑 대화 나누듯이 말하면 돼."

나는 평소에 존댓말을 했음에도 불구하고 존댓말이 어색했다. 헤드폰으로 들려오는 내 음성에 손발이 오그라들었다. 출력해온 종이를 국어

책 읽듯이 줄줄 읽다가 헤프게 웃었다. 세 번이나 본 영화였는데도 머릿속이 안개가 낀 것처럼 흐릿해졌다.

처음 녹음은 선배의 말대로 10분, 15분으로 끊어 갔다. 시간이 지날수록 나는 조금씩 긴장이 풀리기 시작했다.

"제가 명장면 8개를 뽑아달라고 먼저 부탁드렸는데, 그 첫 장면이 어떤 건가요?"

"보쉬 전동드릴에 청소 솔 끼워 청소하는 장면이요."

"아? 그 첫 장면이요. 그 전동드릴이 보쉬였나요?"

"네. 제 전동드릴과 같아서 더 기억에 남아요. 저도 주인공처럼 드릴에 청소 솔을 끼워 청소한 적이 있거든요. 보면서 이거 쓴 감독이 진짜 청소에 진심이라고 생각했어요."

"게스트님도 청소에 매우 진심인가 봐요?"

"조금요. 주인공 미소가 가방에 늘 먼지떨이로 타조 털을 가지고 다니거든요. 청소부로 하루 일당을 벌지만, 저는 전동드릴과 타조 털을 보고 자기 직업에 전혀 돈을 아끼지 않는구나, 생각했어요."

"오래 알았지만 몰랐던 모습이네요. 저는 청소하는 미소의 직업을 보여주는 장면 정도로 봤거든요. 그럼 주인공처럼 방을 빼기 전이나 여행 전에 혹시 청소하시나요?"

"여행뿐 아니라 매일 아침 루틴이에요. 온종일 전쟁터에서 녹초가 돼 돌아온 나에게 집이 깨끗하고 안락한 천국이었으면 좋겠어요. 밖에서 힘들게 일하고 돌아왔는데, 더럽고 정리가 안 돼 있으면 괜히 화가 나요. 친구들은 저더러 결벽증에 집착이 있다고 하는데, 집에 들어가 청소하나 집에서 나오기 전에 청소하나 시간 순서만 바뀌었을 뿐 그게 뭐 이상한가요?"

세 번째 녹음은 35분이나 이어졌다.

"잠깐 위에서 차라도 한잔 마시고 올까? 해보니까 별거 아니지?"

"처음에는 긴장했는데 하다 보니 재미있어요."

"그래, 재밌으면 됐다."

30분 정도 녹음을 더 진행한 후에, 나는 먼저 도서관을 빠져나왔다.

검찰청 앞은 여전히 시위로 시끄러웠다. 목에 핏대를 세우고 소리를 지르는 사람들과 달리, 경찰들은 호두까기 병정 인형처럼 무표정으로 대응했다. 마치 아침에 본 감정 없는 좀비들 같았다.

아직 퇴근 시간 전이라 지하철은 붐비지 않았다. 나는 자리에 앉아 가방에서 핸드폰을 꺼냈다. 예전에는 지하철에 앉아 사람들을 관찰하며 시간을 보냈다. 이제는 지하철에서 핸드폰을 보지 않으면 괜히 할 일 없는 사람처럼 느껴졌다. 핸드폰 없이 아무것도 할 수 없는 심심한 세상이 되었다.

인터넷 기사를 뒤적이다 새로 올라온 유명 여배우의 사진을 클릭했다. 공항에서 핸드폰 든 손을 흔들다 찍힌 사진이었다. 핸드폰 뒤에 포켓몬스터 스티커가 붙어 있는 걸 본 어떤 기자가 '그녀도 엄마였다'고 기사를 썼다. 그 밑으로

'잊고 있었던 두 아들 맘, 두 아들 맘 티 냈네, 육아담인가 봐, 스타도 엄마인 게 티 난다.' 등의 댓글이 달렸다. 얼마 전까지 구설수가 난무했던 여태우는 오늘 포켓몬스터 스티커 하나로 그간의 이미지 변신을 성공시켰다.

사실 나는 스티커를 흔적 없이 떼어내기만 하면, 상표만 떼어 내버리면, 원래 갖고 있던 물건인 듯 익숙해졌다. 친언니는 나를 이해하지 못했지만, 수현의 말처럼 별게 아닐지도 모른다. 그냥 불안이 높으면 해소하려는 행동들로 나오는 강박이거나, 새 물건을 새것처럼 소중하고 깨끗하게 다뤄야 한다는 부담감일 수도 있다. 아니면 지저분하게 붙어 있는 상표나 스티커를 견디지 못하는 결벽증일지도 모르겠다.

현관문을 열자 거실에 어둠이 먼저 깔려 있었다 신발을 벗자마자 거실 불을 켜고 거실 창문으로 다가가 블라인드를 내렸다. 블라인드를 내리지 않으면 건너편에서 내 사생활이 훤히 들여다보일까 불편했다. 거실 창이 크면 보이는 게 많은 게 장점이지만, 불필요하게 남에게 많이 드러나는 게 단점이기도 했다.

옷을 갈아입고 냉장고 문을 열어 둔 채로 오렌지 주스를 꺼내 벌컥벌컥 마셨다. 냉장고가 문을 닫으라고 띵동띵동 보챘다. 닫힌 냉장고 문에는 일본, 쿠바, 베트남, 이집트, 태국, 괌, 제주도, 문경, 남해 등등 다양한 장소가 붙어 있다. 언제부터였더라, 여행을 가면 기념품 대신 그 지역의 마그네틱을 하나씩 사 모으기 시작했다. 이제는 제법 수가 늘어 다양한 나라와 지역의 마그네틱들이 바로 옆 나라처럼 다닥다닥 붙어 있다. 함께 여행하며 마그네틱을 샀던 사람들 모두 잘살고 있겠지. 그때의 시간은 물건으로 남고, 여행이 뜸해지자 사람들은 꿈처럼 사라졌다.

작정하고 미리 준비해 둔 커다란 상자를 거실로 꺼내왔다. 오늘 녹음했던 영화 속 주인공처럼 나도 한때는 집이 없어도 취향은 있다고 굳게 믿었다. 캐리어로 어디든 떠날 수 있는 자유로운 삶을 살고 싶었는데, 현실은 그러지 못했다. 늘 어난 짐 때문에, 캐리어는커녕 오히려 집의 평수를 늘려나가야 했다. 아이러니하게도 평수를 늘릴수록 돈 버느라 집에 머무는 시간이 점점 더 줄었다. 자괴감이 몰려왔다. 자유는 마다하고 현실의 쳇바퀴 속에서 나아가지 못한 나날의 연속이었다. 그러던 중, 강원도 횡성에 있는 문학관 집필실에서 올해 여름을 보내게 되었다.

내가 쓰게 된 첫 번째 방갈로 안에는 책상과 옷걸이, 이불과 선풍기가 전부였다. 나는 노트북과 가볍게 입고 지낼 옷가지 몇 개만 챙겨갔다. 삼시세끼 밥이 제공되는 곳이었고, 오로지 글단 쓰면 되는 곳이었다. 방갈로 안에는 나라고 표현될 만한 그 어떤 물건과 소품은 없었다. 덕분에 먼지를 닦거나 청소할 자질구레한 것들도 없었다.

책상이 놓인 위치에는 앞에 강이 보이는 큰 창 하나가 있었다. 창밖은 마치 잣나무와 뽕나무, 나리꽃과 들꽃들이 어우러진 풍경화 같았다. 흐르는 주천강을 바라보며 나는 글을 쓰고 책을 읽었다. 전혀 부족한 것도, 필요한 것도, 불편한 것도 없었다. 나는 그동안 나라고 표현되는 것을 왜 이리 집에 한가득 모아놨을까? 짐과 집에 얽매여 살았을까? 생각했다. 작은 캐리어 하나여도 생활에는 전혀 불편함이 없고, 글 쓰는 데 노트북 하나면 충분하다는 사실을 깨달았다. 그곳에서 처음으로 미니멀리스트가 되기로 다짐했다.

아름다운 가게에 기부하기 위해 상자에 옷가지들과 소품, 주방용품, 기타 등등의 물건들을 차곡차곡 정리했다. 마그네틱만큼이나 사 모았던 각종 위스키와 술들은 동생이 가져간다기에 따로 정리해 뒀다. 위스키병 뒤에 붙어 있던 스티커들을 떼느라 고생했던 기억들이 하나씩 추억 속에서 기어 나왔다. 마개를 땄던 위스키병에 공기가 주입되지 않도록 주로 실험실에서 사용되는 파라 필름을 해외 직구로 구매했던 일이 가장 먼저 떠올랐다. 처음에는 알코올이 날아가면 술맛이 변한다는 이유였는데, 이제 와 보니 이유 없는 물건이 하나도 없었다. 예쁘다고 사 놓기만 한 그릇 세트와 기분에 따라 구매한 다양한 모양의 컵, 술 상자를 올려놓았던 인테리어용 의자는 친구가 가져가기로 했다.

물건을 정리하다가 너무 한심하다는 생각에 자책했다. 새 물건이 낯설어 사자마자 뒤에 붙은 스티커와 상표들을 미친 듯이 떼어내는 내가 이렇게 많은 물건을 사 날랐다니. 새 물건이 낯설다고, 언제든 캐리어 하나만 들고 여행을 떠나고 싶다는 말이 앞뒤가 맞지 않았다. 아침 루틴이라면서 매일 나의 흔적을 지우고 나간다고 그 흔적이 없어지는 게 아니었다. 스티커를 떼면 뗄수록 내 성격이, 청소로 흔적을 지우려 할수록 내 흔적만이 남았다.

문득, 다자이 오사무의 「술을 싫어하다」 속 주인공이 떠올랐다. 그는 술 한 방울이라도 집안에 두는 것을 견디지 못할 만큼 술을 싫어한다고 말하면서도 이런저런 구실을 만들어 술을 다 마셔 없애 버렸다.

이 모든 게 관계에 대한 결핍일까? 한동안 인간관계에 대해 고심했다. 그동안 사람들에게 쉽게 경계를 풀지 못하는 이유가 낯가림의 문제인 줄 알았다.

"너는 너무 상대에게 선을 그어. 심리적 거리의 선을 두고, 그 선을 잘 풀지 않아."

나를 잘 안다고 자신하는 친구들에게 종종 들었던 말이다. 그래도 오랜 시간 옆에 있어 준 사람들 덕분에 인간관계만큼은 나쁘지 않다고 자부했다. 10년, 20년 된 친구들이 아직 옆에 있었기에 나는 꽤 괜찮은 사람인 줄 착각했다. 낯가리는 성격 탓에 먼저 다가가지 못했어도, 느린 내 마음이 열릴 때까지 기다려준 사람들에게 늘 고마웠다. 묵묵히 오랜 시간 함께해 준 그 마음에 감사했다. 그러나 최근 몇 년간 꾸준히 지속된 만남은 없었다. 새 물건만큼이나 새 인연들이 낯설었다. 새로운 관계에 대한 두려움에 멀미가 났다. 냉장고에 붙어 있는 마그네틱과 내 꼴이 비슷했다. 그 누구의 잘못도, 아무런 상황도 없었지만, 사람은 떠나고 마그네틱만 남았다. 누군가 나이 들면서 각자의 삶에 더 치중하기 때문이라 위로했지만, 한순간도 위로되지 않았다.

정리하는 김에 책장과 서랍장까지 뒤엎었다. 맨 밑 서랍장에서 작은 상자 하나가 눈에 들어왔다. 테이프로 꽤 열심히 동봉한 가죽 상자였다. 오래된 테이프의 끈끈이가 떨어지지 않고 가죽에 그대로 녹아 묻었다. 상자 안이 궁금했던 마음은 금세 휘발되었다. 신발장에서 박스 테이프를 가져와 녹아 묻은 끈끈이를 일일이 잡아뗐다. 잡아뗄 때마다 오래된 인조가죽의 무늬도 함께 달라붙어 떨어져 나왔다. 뚜껑을 열자 오래된 종이 냄새와 잉크 펜 냄새 같은 게 코끝을 먼저 물었다. 미처 생각지도 못한 물건들이 상자 안에 박제돼 있었다.

열쇠 없이 자물쇠만 잠겨 있는 교환 일기장과

필름 사진 몇 장, 첫사랑이 군대에서 써준 100일 일기와 작은 돌 반지 복주머니였다. 색바랜 분홍색 복주머니 안에서 군번줄과 함께 공군 전투기 캐노피를 한 달간 갈아 만들었다는 투명색 반지가 나왔다.

"너는 나를 너무 밀어내. 항상 밀어내기만 해."

마치 어제 들은 말처럼 생생하게 귀에 박혔다. 헤어질 때 그가 내게 한 말이다. 나는 그때 그가 나에 대한 마음이 떠나서, 더는 사랑하지 않아서 헤어진 거라고 믿었다. 벽에 등을 기대어 앉아 몸을 움츠렸다. 며칠 전 지하철역 광고판에 적힌 문구가 불현듯 떠올랐다.

'헤어지자고 말한 사람보다 헤어지자고 말할 수밖에 없게 만드는 사람이 더 상처를 주는 사람이다.'

자라온 환경과 삶의 태도, 긍정적인 성격, 나와의 소통 문제, 취향과 개그 코드, 예의가 바른지, 의리가 있는지 등등, 어쩌면 나는 상대에게 바라는 명확한 선이 있었는지 모르겠다. 그것을 스티커로 붙여놓고, 몰래 채점하며 하나씩 떼어냈는지도 모르겠다. 관계를 잘 맺으려는 노력보다, 상대가 내 마음을 열 수 있는지 관망한 것은 아닐까. 상대에게 그어놓은 선을 지우고, 마음을 여는 과정에서 나만의 스티커를 떼어냈는지도 모르겠다. 포개진 손등 위로 서글픈 눈물방울들이 두두둑, 떨어졌다. 명치 밑이 콕콕 쑤셨다. 물건의 스티커를 떼는 행위, 사람에게 스티커를 붙이는 행위, 모두 나에게 떼고 싶고, 붙이고 싶은, 스티커가 아니었을까. 나는 집을 채우고 있는 깨끗한 물건들을 찬찬히 둘러봤다. 나라고 믿기 싫은 스티커와 내가 되고 싶은 스티커로 머릿속이 얼키설키 엉켰다. 내가 가장 먼저 떼어내야 하는 것은, 혹시 나라고 믿고 있는 나, 자신이 아닐까.

퇴근 후 카페에서 수현을 만났다. 일주일 내내 수현의 말을 계속 곱씹다 에피소드 하나를 생각해냈다.

하얀색 플레어스커트는 살짝만 움직여도 나풀거려서 기분이 좋았다. 춤을 출 때마다 하얀색 꽃과 큐빅이 촘촘히 박힌 머리띠가 무게를 견디지 못하고 자꾸만 이마로 흘러내렸다. 나와 짝인 승진이는 파란색 벨벳 옷이 더웠는지 땀을 삐질삐질 흘렸다. 땀으로 축축해진 승진이의 손을 잡았다 놓을 때마다 빨리 음악이 끝나기만을 기다렸다. 우아하게 한 마리의 백조처럼 양팔을 휘저으며 나는 플레어스커트를 날개 삼아 무대 위를 날아다녔다. 마치 동화 속 공주가 된 것처럼. 마지막에는 두 팔을 양옆으로 쭉 뻗어 허리를 숙이고 오른쪽 다리를 뒤로 길게 뻗으면서 객석을 향해 밝게 웃었다. 한쪽 다리로 버티고 있는 내 허리를 뒤에서 승진이가 축축한 손바닥으로 잡아줬지만, 중심이 자꾸만 흔들리는 바람에 발뒤꿈치가 계속 움직였다. 비틀거리지 않으려고 온몸에 빳빳하게 힘을 줄 때쯤 박수와 함성이 쏟아졌다. 나는 빨간색 립스틱을 바른 입술을 더 길쭉하게 입꼬리를 끌어당겨 웃었다. 입술이 바르르 떨렸다. 무대 바로 밑에 서서 지켜보고 있던 선생님의 사인에 맞춰 뒤로 뻗은 다리를 바로 내리고 섰다. 흩어져 춤을 추던 다섯 커플은 각자의 위치에서 무대 앞으로 걸어 나와 한 줄로 나란히 서서 손을 잡았다.

"차렷! 경례! 바로!"

선생님의 구령에 맞춰 객석을 향해 고개 숙였다 들었다. 뒤로 고개를 돌리자 무대 위에 '벧엘 유치원 겨울 학예 발표회'라는 플래카드가 붙어 있었다. 무대 앞에는 영진 사진관 아저씨가 어디선가 나타나 서 있었다. 왈츠를 춘 것도 아니면서 평소랑 다른 체크무늬 재킷을 입고 있었다. 아저씨는 카메라 구도에 맞추며 우리에게 이리저리 손짓했다.

"꼬마 아가씨 어디 봐? 여기 봐야지."

아저씨가 사진기 뒤에서 플래시를 마구 터트릴 때마다 눈앞이 번쩍하고 하얘졌다.

"자자!! 여기 봐야지 여기. 눈 뜨고! 다들 하나둘! 하나둘!"

흔적

나는 눈을 감지 않으려고 부릅떴지만, 찰칵하는 순간마다 눈이 제멋대로 깜빡였다.

무대에서 내려와 객석에 있는 엄마를 찾아 옆에 앉았다.

"나 어딨는지 바로 찾았어?"

쌍둥이처럼 꾸며 입고 무대에 선 다섯 여자애 중에 엄마가 나를 단번에 찾았을지 궁금했다.

"또 무릎이 이게 뭐야? 아침에 새 스타킹 신겨 줬는데 뭐 하다가 구멍이 또 이렇게 났어?"

엄마가 눈썹에 힘을 주며 매섭게 말했다. 목소리만 작아졌을 뿐 집에서 야단쳤을 때랑 별반 다르지 않았다.

"언제 구멍이 났지? 내가 일부러 구멍 낸 거 아니야!"

일부러 구멍 낸 것도, 잘못한 것도 아닌데 엄마가 왜 화가 났는지 기분이 나빴다.

"말괄량이처럼 놀지 말고 좀 조심성 있게 좀! 오늘 처음 신은 하얀 스타킹이 이게 뭐야 대체. 사진에 혼자만 무릎 다 나왔겠네."

갈색빛 길고 커다란 커튼이 열리면서 다음 무대가 시작됐다. 사방에서 터져 나오는 박수와 함성으로 엄마의 다음 말은 들리지 않았가. 나는 엄마 옆이 앉아 구멍 난 스타킹 사이토 드러난 무릎 위로 손가락으로 빙빙 돌리며 문질렀다 스타킹의 구멍이 점점 더 커졌다. 구멍 안으로 눈물이 똑 떨어졌다.

수현이 웃음을 터트렸다.
"하긴 너희 어머니가 좀 깔끔하시고 차분하시니? 게다가 같은 배로 낳았는데 언니는 세상 차분하고, 너는 세상 천방지축이었으니 얼마나 유별났을까."
"이런 일도 새것처럼 아끼지 못했을 때 오는 불안, 죄책감의 이유가 될 수 있거?"
수현은 둘항울이 송송 맺힌 유리컵을 그대로 감싸 들었다. 이야기를 한 건 나인데 듣느라 목이 탔는지 남은 커피 절반을 빨대로 쭉 빨았다. 컵에서 손어 묻은 물기는 허벅지 위에 그냥 쓱

쓱 문질렀다. 나는 수현의 물기 묻은 청바지로 자꾸만 눈이 갔다.

"이런 것도 이유가 될까?"

"뭐가?"

"새것처럼 아끼지 못했을 때 오는 불안, 죄책감의 원인 말이야."

"계속 그걸 찾고 있었던 거야?"

내 표정을 읽었는지 어깨를 들썩이며 웃던 수현의 목소리가 다시 차분해졌다.

"그래그래, 엄마가 잘못하셨네. 아무리 새 스타킹이 구멍 났어도 잘했다고 칭찬부터 해주시지. 그러면 네 손가락 지문이 그렇게 다 닳지는 않았을 텐데."

나는 테이블 밑에서 엄지손가락을 치켜들고 지문을 살폈다. 자리를 찾아 돌아다니는 사람들 때문에 텁텁해진 공기가 목구멍을 간지럽혔다.

"지금 널 보면 어릴 적 모습과는 전혀 다른 거 같아."

잠시 정적이 흘렀다. 내 이야기를 더는 하고

싶지 않았다. 나는 수현의 이야기로 화제를 돌렸다.

"그래서 이삿짐 정리는 다 했어?"

유리컵을 데이블 위로 내려놓으며 수현이 고개를 절레절레 흔들었다.

"말도 마, 이 동네만 벌써 세 번째야. 하다 하다 이번에는 장마랑 겹쳐서 우중 이사를 했지 뭐야. 이삿짐 아저씨들이 물 빠진 생쥐 꼴로 짐을 옮기는데 차마 볼 수가 없더라. 가구도 현관에서 두 번 세 번 닦느라 하루가 꼬박 걸렸어."

수현의 남편은 투자의 목적도 아닌데 제집을 사고팔며 이사 다니는 걸 좋아했다. 안정된 집의 편안함보다 새로움에 더 끌린다는 남편 때문에, 결혼 5년 동안 벌써 3번의 이사를 했다.

"가구들이 그렇게 비를 맞아도 괜찮아? 겉은 닦아도 속에 곰팡이 피면 어떡해?"

"에이, 그 정도까지는 아니야. 다 비닐 씌워서 옮기는데 뭐. 집 안의 물기 때문에 밖에서 비닐 벗기고 닦는 거지."

흔적

어쩌면 수현은 우리 언니보다도 더 무던한 사람이다. 모든 일에 그러려니 무심하게 사는 사람. 수현이 나와 같은 일을 겪었다 한들 나처럼 스티커에 집착하지 않았을 거다.

"아무리 이삿짐을 잘 옮긴다 해도 생활 스크래치랑 또 다르잖아. 흠집도 많이 생기고……."

나는 말끝을 흐렸다. 수현의 등 뒤로 가게들의 간판 조명이 하나둘 켜지기 시작했다. 어둠이 슬금슬금 건물을 에워쌌다. 수현을 바라볼 때마다 유리창에 비친 내 얼굴이 먼저 눈에 들어왔다.

사실 수현과 오늘 더 깊은 이야기를 나누고 싶었다. 새 물건은 값을 지불하고 스티커나 상표를 제거하면 그만이지만, 사람은 그게 아니라는 걸 이제야 깨달았다고. 그동안 나에게 다가오는 사람들에게 내가 원하는 채점용 스티커를 붙여가며 내 멋대로 그들은 판단했다고. 그 때문에 오랜 연인과도 헤어졌다고. 상대방이 내 생각대로 움직였을 때, 나를 만족시켜줬을 때, 하나씩 붙여놓은 스티커를 떼어내며 마음을 여는 것도 나라고 믿었기에 전혀 개의치 않았었다고.

수현과 헤어지고 버스를 탔다

"마지막으로 영화를 보며 느꼈던 감정에 관해서 이야기해주세요."

지난번 녹음실에서 선배가 했던 마지막 질문이 떠올랐다.

"삶은 매 순간의 선택으로 이루어진다 생각해요. 가장 갈등하게 되는 부분이 현실과 부딪칠 때인데 그럴 때마다 나 스스로 합리화시키고 정당화시키죠. 이 영화는 그런 점에서 현실을 잘 보여주고 있어요. 내가 어떤 사람이 되고 싶은지, 살고 싶은지, 늘 고민하고 애쓰지만, 사실은 타인에 의해서, 사회에 의해서 내가 만들어지거든요. 저는 가끔 나도 나를 속이며 살고 있다고 생각해요. 그래서 내가 생각하는 내가 맞는지 가끔은 혼란스러워요. 영화 속 인간관계도 제가 늘 하는 고민을 담고 있어서 슬펐어요. 특히 누구보다 밝은 주인공을 보며 더 슬펐고, 위로받았고, 괜히 감정이 복잡미묘했어요. 영화가 제 현실 같아서요. 모두 개인의 선택이긴 하지만요…."

집까지 두 정거장이 더 남았지만, 하차 벨을 눌렀다. 버스에서 내려 청계천을 따라 걸었다.

정말 내가 알고 있는 나 자신이 내 것인지, 정말 스티커를 떼어냈을 때 물건도, 주변 사람도 내 것이 된다고 믿는지 혼란스러웠다.

집에 들어와 메고 있던 가방을 벗지도 않은 채 식탁에 털썩 주저앉았다. 나는 천천히 두꺼운 투명 아스테이지를 벗겨내기 시작했다. 티끌 하나도 없이 깨끗한 광택에 얼굴이 비쳤다. 아이보리색 하이그로시 식탁은 말끔하게 잘 보존되어 있었다. 어쩌면 포장을 벗기고 식탁을 식탁처럼 사용해야 진짜 내 것이 되는 건 아니었을까. 나는 부엌 서랍에서 작은 과도를 들고 와 다시 식탁 앞에 섰다. 과도를 쥐고 일부러 식탁 중앙에 천천히, 제법 깊숙하게 힘주어 흠집을 내어 본다.

〈작품 해설〉

작가만의 언술적 특색이 드러난 소설

문학박사, 평론가 노은희

-가난을 편드는 마음

 문예지 신인상 수상소감에서 멋진 문장을 찾았다. '문학은, 가난을 편드는 마음에서 출발합니다.'라는 글귀였다. 소박하고 힘 있는 문장에서 한동안 눈을 떼지 못하고 오래 들여다보았던 기억이 새롭다. 젊은 작가 지원으로 첫 소설집을 상재한 김서하 작가의 소설을 읽으며, 빈곤한 우리 세대의 꺼지지 않는 '희망'을 발견할 수 있었다. 작품의 배경이 되는 코로나 상황, 얄팍한 속임수로 남의 돈을 가로채려는 못난 인간, 실체 없는 말을 가볍게 뱉고, 아무런 죄책감 없이 살아가는 우리의 모습이 소설에 고스란히 투영되어 있다. 마음이 헛헛하고 가난한 우리에게 영긴한 작가는 진실 게임을 하듯 끊임없이 질문을 던진다.

"네 아빠? 정말 귀신은 귀신인가 보다."
아빠가 좋아했던 잡채를 무치며 엄마가 말했다. 이번에도 같은 번호로 문자가 왔지만, 너무 놀라 양손을 덜덜 떨면서도 핸드폰을 꽉 쥐고 떨어트리지 않으려 애쓰던 엄마의 모습은 온데간데없었다. 엄마는 이제 멀리 있는 아빠에게 안부 문자라도 받은 듯 기뻐했다.

-소설「단 하루의 부활」중

소설「단 하루의 부활」은 죽음을 기억하는 날, 도착한 한 통의 메시지에서 출발한다. 아빠의 기일에 맞춰 도착하는 스미싱 문자에 마치 죽은 사람이 살아 돌아온 듯한 기분을 느끼는 가족, 죽은 이의 부재는 사기꾼의 부활을 방관하고 싶

〈작품 해설〉

게 만들지만, 귀신같이 눈치가 빠른 오빠는 스미싱 문자를 곧바로 경찰에 신고한다. 정당한 행위 앞에 반감을 가지는 아이러니한 상황을 통해 소설 읽기의 재미를 제공하고 있다.

    아빠에게 올 때마다 꽃을 팔던 할머니가 오늘따라 보이지 않았다. 할머니 자리에서 아들뻘 되는 아저씨가 먼저 온 손님과 꽃값을 흥정하고 있었다.

    "여기 계시던 할머니 다른 자리로 옮기셨나요? 아니면 아드님 되시나?"

    엄마가 조심스레 물었다.

    "아, 임 씨 할머니요? 그 어르신, 전 전달인가 돌아가셨어요. 이제 못 나와요."

    눈이 마주친 엄마와 나는 다음 말을 잇지 못했다.

    "꽃 사시게요? 요즘 새로 나온 꽃인데 화사하니 예쁘죠? 이게 프… 그 머시냐 프리저브드 플라워? 새로 나온 꽃인데 이거 생화예요, 생화. 3년 이상 시들지 않는 꽃이래요. 특수 처리해서 저 짝에서도 허락한 꽃이에요. 가격은 좀 나가는데 그래도 꽤 예쁘죠?"

바람에 꽃잎이 나비의 날개처럼 흔들렸다.

-소설 「단 하루의 부활」 중

  소설 속에서 산 사람(오빠)도 귀신이 되고 죽은 사람(아빠)도 귀신이 되어 만난다. 작가는 이에 머무르지 않고 한발 더 나아가 생화와 조화 사이, '프리저브드 플라워'를 등장시킨다. 생화이면서 약품 처리가 된 꽃은 3년간 시들지 않고 피어 있는 꽃인데 영리하게 죽음과 생의 중간쯤에 배치해 경계를 더욱 모호하게 빚는다. 생과 사의 가교 역할을 담당하는 프리저브드 플라워는 육과 영의 경계마저 흐릿하게 만들어 버린다.

  '아빠의 기일'이라는 앞선 시간의 설정은 죽음을 떠올리게 하지만, 스미싱'라는 신종 사기 수법의 등장으로 결코, 우울하지 않은 죽음으로 처리되고 있다. 평생 같은 자리에서 죽은 자들에게 선물할 꽃을 팔았던 할머니, 그 생명의 마

〈작품 해설〉

지막을 조명하며 독자로 하여금 삶과 죽음의 경계를 무색하게 만든다. 그렇다고 작가 스스로 어떤 의지를 가지고 삶과 죽음의 경계를 억지로 무너뜨리는 것은 아니다. 진실인 듯 거짓을 이야기하고, 삶인 양 죽음을 말하며, 생화로 죽음을 포장하고 '느린 우체통'을 빌어 수신인이 없는 연서를 쓴다. 아빠를 향한 그리움은 꽃이 없는 빈손이 대신하고, 보고픈 마음은 엄마와 공유한 비밀로, '하루의 부활'을 지켜내려 한다.

작품 안에 소설을 삽입하는 액자식 구성을 택해 소설의 있을 법한 이야기에 더욱 주목하게 만든다. 세련된 필치로 작중 인물과 실존 인물 사이를 자유롭게 넘나들며 자신만의 문장을 완성한다. 그것은 김서하 소설가만이 가진 언술적 특색이라 하겠다. 무심한 듯 유심히 서술한 작가의 문장은 그래서 더욱 빛난다. 천연덕스럽게 AI를 소환해 '있음'과 '없음'의 마지막 경계까지 홀연히 뛰어넘는다. 모녀가 그토록 기다리던 문자가 도착하지만, 엄마는 마치 귀신을 본 듯 움직임이 그대로 얼어붙는다. 사실상 존재하지 않는 아빠로부터 도착한 '있음'의 실체 앞에서 적잖이 당황한다. 우리의 삶에서 우리는 종종 귀신을 마주하며 사는 셈이다. 부재의 실제를 기다리면서도 실체를 확인하는 일은 생각보다 버겁다.

-부재한 실제의 실체

　단편 「백븡이」는 제목부터 신선하게 다가왔다. 강아지 벅구쯤 생각했던 독자는 건강원 앞에 붙은 '한 마리 100봉, 반 마리 50봉'에 화자의 과거와 마주하게 된다. 끔찍하게 미웠던 사람을 향해 빨간색으로 이름을 쓰고 나쁜 어른이 죽어버리길 바랐지만, 밤새 끙끙 앓으며 진짜로 죽을까 봐. 정말로 지옥 불에 떨어질까 보- 걱정한다. 악에 대한 배신을 이렇게 담백하게 처리

할 수 있을까. 힘없고 나약한 생명을 향해 응징을 시도하지만, 너무나 여린 마음은 쉬이 무너지고 상처받는다.

 연속적으로 일어나는 감정선에 주목하면서 작가는 짐짓 한 걸음 떨어져 인물들의 심리를 제대로 묘파하고 있다. 감정의 흔적을 추적하며 우리는 각자 새로운 시나리오를 완성한다. 추리 기법이 포함된 소설은 긴장감을 놓지 않고 과거와 현재를 오가며 얼룩진 상처와 덤덤히 조우하게 만든다.

 마을은 조용했다. 황토로 만든 담벼락들은 세월의 무게를 견디지 못하고 찌그러진 메주처럼 주저앉았다. 늙고 낡은 집들이 색깔 벽돌로 새로 지어졌지만, 담장만은 옛날 그대로다. 담 너머 집들이, 집 밖에 널브러진 농기구들이, 마당에 널려 있는 빨래들이, 예전처럼 훤히 들여다보였다. 진한 갈색으로 녹이 슨 우편함은 우편 종이만 겨우 입에 물고 대

둔에 매달려 있었다. 집들은 한 집 지나 한 집이 빈
집이었고, 빈집에는 사람 대신 오래된 담쟁이덩굴
과 명패만이 살고 있었다. 예전에 버스가 쉬어가던
구판장은 쓰레기 재활용 처리장으로 이름이 바뀌
었다. 이름이 바뀐 구판장은 커다란 철문으로 굳게
닫혔다. 굳게 닫힌 철문 좌측에 내가 이곳에 온 이
유가 아직 고스란히 남아 있었다.

-소설「백봉이」중

 빈집에 사는 것은 담쟁이덩굴과 명패이다. 사
람의 수명보다 질긴 생명이다. 푸릇한 담쟁이와
낡은 명패의 대비는 시각적으로도 극명히 대비
되는 장치다. 누군가를 오롯이 증명할 수 있는
명패의 흔적은, 종적 없이 사라진 생의 궤적을
드러내기에 충분하다. 인물이 서 있는 시공간은
오래된 사연을 순간처럼 기억한다. 찰나의 틈으
로 오래되고 후미진 골목을 따라, 우리는 작가
와 함께 유년의 기억으로 성큼 발을 딛는다. 증
오심과 죄의식을 환기하고 무리 지어 실체 없는

〈작품 해설〉

말을 즐기듯 뱉는다. 비뚤어진 현실을 삐딱한 시선으로 짐짓 비판하는 자세를 취하지만, 악마의 편집 앞에 누구도 자유롭지 못하다.

-독자의 '회복 탄력성'

「할머니의 방황」에는 예전만큼, 혹은 예전보다 더 좋은 교회를 다니고 싶은 할머니가 등장한다. 예배당을 찾아 끊임없이 방황하는 할머니의 모습에 가족들은 한숨 짓지만, 믿음을 일깨워주는 교회를 찾아 끝도 없이 방황한다. 이유인즉, 기도가 잘되지 않는다는 핑계로 가족을 골탕 먹이듯 앞세우고 교회를 찾는다. 작가는 믿음과 관련한 예민한 문제도 피하지 않는다. 마음속에 신이 존재하지 않고 방황하는 우리네 부족한 신앙에 대해 관조하듯 말하며, 할머니의 방황을 이끈다. 아픈 허리를 끌며 동행자 없이 움직이지 못하는 할머니가 진짜 신을 향해 간구

하고 싶었던 것은 무엇일까.

    나와 동생은 고모할머니를 그냥 할머니라 불렀다. 일찍 돌아가신 외할머니 대신 엄마와 이모들을 고모할머니가 키워주셨기 때문이다. 아빠는 한 번도 본 적 없는 장모님을 대신해 고고할머니를 알뜰히 챙겼다. 명절과 생신 때도 잊지 않고 꼭 나와 동생을 데리고 할머니 집으로 향했다. 할머니가 처음 우리 집 근처로 이사 온다고 말했을 때만 해도 가족 모두가 좋아한 일이었다.

- 소설 「할머니의 낭황」 중

    가족의 유대로 묶인 사이지간, 도통 이해할 수 없는 할머니의 행동으로 구성원 간에 크고 작은 마찰들이 일어난다. 그것은 과연 신의 바람이었을까. 노년의 방황에 가족들은 호의적이지 않지만, 할머니를 내버려 드지도 않는 모습으로 어쩔 수 없는 관계의 연속성을 보여준다. '고모할머니'라는 호칭을 통해 가족관계에서 적

당한 관심을 보여줘도 괜찮은 인물들의 조합을 보여준다.

 김서하 소설가의 작품에 등장하는 사람은 평범한 우리의 이웃들이다. 특별한 직업이 등장하는 것도 아니고 화려한 어떤 날에 주목하지도 않았다. 하지만 우리는 작가의 작품을 읽으며 다양한 감정을 공유하게 된다. 죄책감, 슬픔, 안도, 기쁨, 아쉬움, 연민……. 날것의 감정에 집중하게 하면서 자신만의 언술적 특색으로 조금씩 빠져들게 만든다. 또다시 그녀의 작품 세계에 초대받고 싶어졌다.

 할머니가 이사 오지 않았더라면 골목 구석구석을 돌며 길 위에 초대받지 않았을 시간들, 종교에 대해서도 구태여 생각해보지 않았을 주인공은 유년의 기억을 소환하며 스스로에게 절대자에 대한 질문을 던진다. 아픈 할머니의 허리를 걱정하고 느린 걸음에 보조 맞춰 걸으며 찬

란하게 피어난 봄꽃을 응시한다. 봄꽃을 대표하는 벚꽃이 작품의 결말에 등장하는데 꽃말을 찾아보니 '삶의 덧없음'이라고 풀이되어 있다. 생이 덧없어진 할머니와 함께 기도가 나오는 교회를 찾아다니며 그들이 회복한 건, '이해의 마음'이 아니었을까.

덧없이 흘러가 버린 세월의 마지막 여정에서 할머니께서는 자신의 '진짜 기도'를 하고 싶었는지 모른다. 절대자를 향한 간절한 바람이 무엇인지 작가는 끝내 밝히지 않았다. 성인의 시선으로 확대해석하지도 않고, 순수한 시각으로 할머니 마음속 바람에 독자가 귀 기울이게 만든다. 우리는 할머니의 마음 언저리를 맴돌며 당신이 현세에 머물다간 흔적 하나쯤 남기고 싶지 않으셨을까, 짐짓 짐작해 보는 것이다.

정말 내가 알고 있는 나 자신이 내 것인지, 정말 스티커를 떼어냈을 때 물건도, 주변 사람도 내 것이

〈작품 해설〉

된다고 믿는지 혼란스러웠다.

집에 들어와 메고 있던 가방을 벗지도 않은 채 식탁에 털썩 주저앉았다. 나는 천천히 두꺼운 투명 아스테이지를 벗겨내기 시작했다. 티끌 하나도 없이 깨끗한 광택에 얼굴이 비쳤다. 아이보리색 하이그로시 식탁은 말끔하게 잘 보존되어 있었다. 어쩌면 포장을 벗기고 식탁을 식탁처럼 사용해야 진짜 내 것이 되는 건 아니었을까. 나는 부엌 서랍에서 작은 과도를 들고 와 다시 식탁 앞에 섰다. 과도를 쥐고 일부러 식탁 중앙에 천천히, 제법 깊숙하게 힘주어 흠집을 내어 본다.

- 소설 「흔적」 중

흔적의 사전적 정의는 '뒤에 남은 자국이나 자취'이다. 주인공의 고집스러운 집착을 통해 독자는 스스로의 정신세계를 들여다본다. 어쩌면 작중 인물들이 가진 일종의 정신병리학(psychopathology) 증상들은 병든 마음을 대신하는 것들인지 모른다. 고통에 둔감해지는 사람들을 통해 작가는 소소한 말하기 방식에서 벗어나 거대담론으로 나아간다. 깊숙하게 상처를 내는 행위를 통해 더는 두려움에 머물지 않고 자기 치유의 능력으로 나아가는 길을 모색하게 된다. 생채기의 변곡점을 지나 소설가가 직접 독자에게 '회복 탄력성'의 여지를 제공하는 셈이다.

아직, 그녀의 작품이 가난을 편드는 문학인지 확신할 수는 없지만, 마음을 편드는 문학임은 자명하다. 등장인물의 편에 서서 그들의 마음을 자꾸만 묻고 싶어지는 언술적 특색이야말로, 그녀가 가진 최고의 장점이 아닐까 생각된다. 첫 작품집이 많은 독자에게 사랑받고 널리 알려지길 바라며. 앞으로 김서하 작가의 문학적 역량을 확인할 수 있는 기회가 더욱 많았으면 좋겠다. '구원' 우리는 내 삶을 성찰하고 변화시켜줄 문학 작품이 목말라 한다. 문학을 통해 얻은 정서적 교감과 자신을 성찰하는 힘으로 다시금 힘을 얻는다.

사람에게는 누구나 '회복 탄력성'이 주어지는데 사랑받은 정도와 마음가짐, 또 스스로를 신뢰하는 마음에 따라 약간씩 차이가 난다고 한다. 문학인으로 독자에게 회복 탄력성의 기회를 제공한다면 얼마나 멋진 일인가. 김서하 소설가가 창작한 여러 단편이, 길을 잃고 길 위에 선 독자들에게 삶의 용기와 푼푼한 힘을 실어 주리라 믿는다. 십자가를 찾아 끝없이 방황했던 할머니는 실상 자신을 구원해 줄 구세주를 만나기 위해 끝없이 길을 걸었을지 모른다. 김서하 작가의 소설이 독자에게 삶에 위로와 용기를 건네는 튼튼한 동아줄이 되길 바란다. 그녀만의 언술적 특색을 살린 작품으로 꾸준히 창작의 지평을 넓혀나가길 빈다.

* 본고는 토지문화관에서 상주 작가로 머물며 작성한 원고임을 밝힙니다.